書法頑家

用善念來寫字

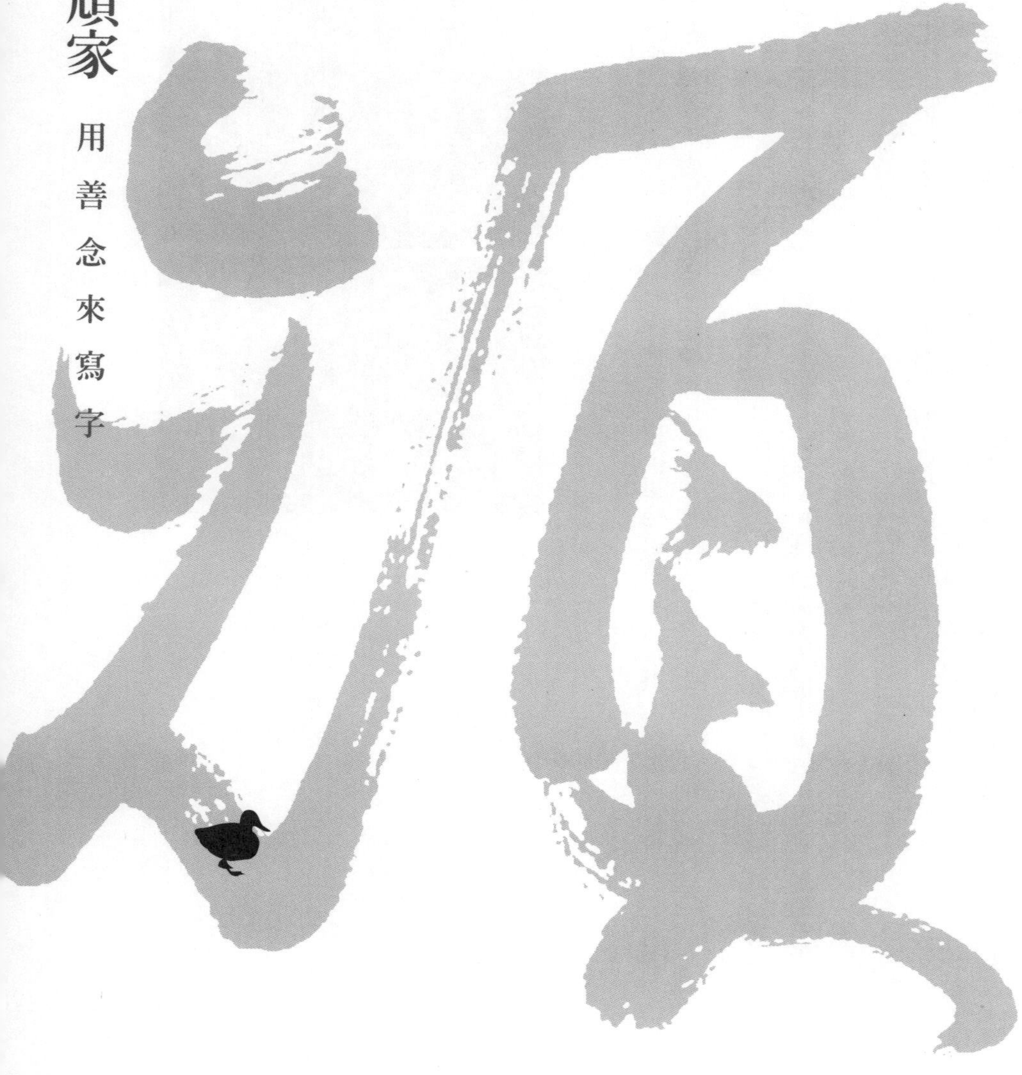

張尚爲 著

與尚爲兄雖非一面之雅，但拜臉書之賜也間接認識其人其事！我與他有一個共同的特點，即熱愛書法創作與推廣書法！雖然，我在教育界，他在科技業。

明宗書法藝術館的成立與營運，即是在對書法熱情推廣下所衍生出來的書篆藝術平台。其更擁有一群此道之狂熱朋友，大家一起共同努力支撐出來的！尤其是擁有書法經驗或喜愛書法之企業家們，持續贊助展覽與比賽活動經費！我強調的是一個明宗團隊，非常令人溫暖的社群；相對的，尚爲兄猶如書道傳教士般，形單影隻，獨自走出書齋面對茫茫人群，聲嘶力竭，只爲傳承此一美好！

出身書香門第之家庭，擁有絕佳的書藝學習背景，雖身在科技卻心繫書法！其專攻行草書，取法元明風，時有鮮于樞的率直、王寵的醇雅之基因、或有祝允明的輕狂、文徵明的挺拔、董其昌的散淡之氣息！清代劉熙載曰：「書，如也，如其學，如其才，如其志，總之如其人也。」綜觀尚爲兄之書藝，正是其人其事之展現！

科技人 書法心

陳明德
明宗書法藝術館總監

書法藝術是個金字塔型之大產業，從最基層的中小學書法教育扎根，培養出廣大的書法藝術欣賞愛好者與消費者，再到中間爲涉及書法藝術之相關產業製作，與文創設計者及書法教學推廣活動之相關團體等（約九十六%），最高層（約三%）爲書法藝術之經費贊助企業家，而最最頂層爲所謂的頂尖書法家（可能不到一%），如此有廣大消費者與贊助者共同來支撐書法藝術的長遠發展，書法家也有相對穩定成長的藝術收藏大市場，創作質量也才有增長的空間。如此供需平衡下，必能建構出偉大的書法盛世！大陸政府已將書法列爲國家文化發展之重點，且落實於全國教育政策中；反觀，台灣還看不到此涵攝文史哲藝領域，東方藝術核心中之核心，缺乏宏觀視野與策略，因而裹足不前，提不出具體永續之政策，終將錯失此文化發展之良機與商機。

而尚爲兄卻看到了！透過臉書、出版、演講座談、展覽等活動，分享了他對書法之愛與情，著實成爲文學書法圈之眞正書法大推手！而此類使命感之舉，讓人不禁爲其熱情與才華擊節喝采！尚爲兄此書已進入第二個十本書之首了。雖名爲「書法頑家」，我覺得那是一種對書法的執著，存有獨樂樂，不如衆樂樂之理想。從淑善人心之觀照出發，分享書藝所帶來的樂趣，不管是個人之悲欣交集，抑或對社會現象、自然環境、詩詞語境、書史書論、大家名作等的種種體悟、點評……，點點滴滴都情眞意摯，擲地有聲，發人深省。漢代揚雄曰：「故言，心聲也；書，心畫也……！」尚爲兄，眞的實踐了此名言之眞諦。其家學淵源，飽讀詩書，書法創作與著書立說不輟，著作等身已近在咫尺。緊接著一場接一場的原件書法創作展，也陸續於全台展開～今年五月，假台南「懷雅文房」之小品展，更是南台灣書友與廣大粉絲們所引頸期盼！

尚爲兄於自序言：「我深信，書法於現世中，必須用方法，打出一條活路來！」這條從書齋到誠品；從臉書到蕙風堂、懷雅文房之路，讓我們這群LKK之書法愛好者，與文學書法圈之粉絲群，看到了書法未來的希望。其極生活化之經驗分享，透過妙筆生花，變成篇篇佳作，讓紛擾的塵世，有洗滌人心、燃燒熱情之用！

與尙爲兄相識是非常特殊的緣分。自從看見尙爲兄書法那一刻，我就對他有著深深的感動與敬仰！我一直不敢相信，我是那個幸運之人，而他只淡淡的說：緣。與他結緣是在臉書上。無意間看到他的文章，當時有觸動到我的心。我按讚並留下感言，不久他回復了留言，隨即便加爲好友。每天總是看到他將一篇篇的書法上傳，有時是文章，有時是詩。慢慢的內容豐盛了，他將書法生活化，書法與風景、書法與美食、書法與心情、書法與四季、書法與詩；他開始讓書法活躍起來，彷彿書法是他的分身，他賦予書法一個新的生命與靈魂。

我也愛書法，在我的臉書世界，多數都是書法界的大師。剛提筆時，總是想起小時候父親拿著藤條逼著我練字的時光。父親的書法寫的很好，他是大陸逃難來台，從小就拿著毛筆寫字。父親說：在大陸讀書，寫字就是用毛筆，我們家族對寫字可是很講究的，一定要工整有形。因此在我讀小學時，每當放暑假，我就很苦惱；父親總是規定我要寫完三篇書法才能休息，當時我很討厭父親，討厭書法。但學校有書法作業時，我的紅圈幾乎全滿，分數也是全班最高。每次學校舉辦書法比賽時，我永遠都是代表班上出列比賽，卻從來沒得過獎。我知道，那是因爲父親不在身旁，所以我就寫不出來那工整有形的字了。因爲臉書的好友都是以書法會友，所以我也就入境隨俗，也開始學著寫。當然剛開始，總是生疏，無法掌握拿筆的技巧；慢慢地，我感受到那筆的律動，寫出來的字竟鮮活起來了。這一刻，我感動的流下淚來。原來書法眞的不是單純的寫字。它包含著過去的回憶與感情。是父親老了，是父親病了，顫抖的手再也拿不起筆來的那般揪心。我愛父親，如果不是他的訓練我，眞的無法體會書法的意義與價值。我想好好的寫讓父親知道，我能寫出他要的字了；我想父親一定會很開心，這是我能做的最棒的一件事了！

我一直覺得學工業的人，一定是個感情遲鈍、事事講求實際的人。但尙爲哥改變了我的想法。他是個感情深厚、心思細膩、擇善固執、心有大度的人。顯少有人跟他

用愛守護書法林中的大貓王

白月明
心理輔導師

一樣平易近人，對後輩提攜關愛有加。

前些日子，父親病重住院，我擔心流淚、不捨父親受煎熬時。尙爲哥打電話來，聽到他的聲音，我突然情緒潰提忍不住啜泣，但他卻在另一端說：「妳在流鼻涕嗎？」我當時默默不語，很快的就轉換了心情。他說：他是來鼓勵我、並稱許我的文筆。他覺得我是個很有感情，人格成熟的人。其實我有一點小幼稚，喜歡嬉鬧。常常在臉書上對詩、對聯、到處留言。那些大師們很包容，也不以爲意。只有尙爲哥認眞的看了我的留言、我的詩，並做出回應。他是個書法痴、書法控、我心裡是這麼認爲；他是個以傳承書法爲使命的人，用心刻畫書法生命力的大師！我曾告訴他，我想爲生命找出口，而書法就是我的出口。我可以由濃濃的墨香中看到父親磨墨的身影，我可以從書寫中，看到父親握著我的手寫一遍又一遍，直到他滿意的字跡。我可以從字帖裡看到父親帶著我到書局，找字帖找書法紙讓我練習。他的不厭其煩，造就了我的基底；原來，我也是書法林中的遊子，只是迷了路！

我是個憂鬱症的輔導師。平日接觸了非常多的個案。除了遺傳外，後天的憂鬱症大部份都是因爲壓力、環境或身體疾病與創傷所引發的，如果她們能找到一個出口平衡內在的能量，那應該可以大大改善身心的狀況，進而全癒。書法的確是有療癒的功能。當提起筆來、落下第一點墨時，身體就會開始產生變化。不管寫出來的字如何，都會欲罷不能的繼續寫下去。因爲身體會釋放能量，正面的、負面的能量都因揮筆書字傾洩而出，這對身心的平衡有著莫大的幫助。誠如尙爲哥說的「書法是有療癒的功能！」我深信不疑，而且身受其利！

感謝尙爲哥讓我寫推薦序，如果有力量能改變社會氛圍，用愛來傳承屬於我們的文化之美，那就是書法，那就是「書法頑家」尙爲哥啊！

感謝您的堅持！感謝您的愛！白月明眞心推薦。

尙爲先生傳來大作初稿，要我爲他的新書《書法頑家：用善念來寫字》寫一篇序文。我與先生素非深交，僅於臉書上有互動往來，又以位卑言輕，或恐有負所託。本擬婉拒，但念及先生以一科技菁英卻不計代價，慨然以書法佈道者自任，我既忝爲書壇中人，幸蒙青眼相邀，卻之豈非不恭？

仔細拜讀尙爲先生大作，不知怎地，腦海中竟不時浮現接輿狂歌而過孔子的那一幕，耳際猶不斷地迴盪著接輿「鳳兮！鳳兮！何德之衰？往者不可諫，來者猶可追。已而，已而！今之從政者殆而！」的諫言；又彷彿看到唐吉訶德擐緊生鏽的長矛，飛馬上前，孤身力抗三十四架風車的愚勇。

放眼古今中外，總不乏有這樣的人，懷抱美善的理想，堅持爲自己的信念而活、而奮鬥，即便他們的想法、作爲，在世人眼中看來是那樣的不合時宜，乃至迂腐可笑，但仍然爲所當爲，情深無悔。先生此書顏之爲「書法頑家：用善念來寫字」，「頑」這個字頗具深意。《說文解字》釋「頑」：「梱頭也。」意指難劈開的囫圇木柴，引申而有粗鈍、頑固之意。是的，在書法早已退出日常生活實用舞台的今天，在書法早已被執政者視爲中國文化「餘毒」的臺灣，要推廣書法，的確得要有異於常人的頑固。

「行其義也。」——記一位科技菁英的書法大願

陳昭坤
彰化縣福興國中國文科教師
中興大學中文系博士生

在〈陪〉一節中，先生以「失了心跳」、「裝了葉克膜」、「失溫」、「裝了義肢」這些看似聳動，實則精確的話語來況擬目前書法在臺灣的處境，但先生並不氣餒，反而豪氣萬千地說「書法是永不凋謝的黃花」，「不論書法處境如何，我都會陪他走到最後」。對於書法的傳承，先生自有一份使命感，然先生又非如唐吉訶德之流，沉緬於過去榮景而食古不化，不知變通者。面對當代早已迥異於古人的時空背景，未來書法何去何從？以及書法人如何呼應這個時代？先生自有一番見解。

所舉陳澄波、井上有一、卜茲即是書畫人積極與時代對話、呼應的典範，而先生在〈禁臠〉中將自己的書法喻爲「忘了上鎖的禁臠」，在網路上任人下載，「字富美意，善念爲終」，藉由當代數位化的社群網站將書法這一傳統，富有美善意涵的藝術轉化爲一則則貼文，廣爲散播，進而沉澱俗慮、淨化人心，則是先生對當代環境所作出的積極回應。當書法被當下時空目爲不合時宜，淪於妾身未明幾至被邊緣化的尷尬處境；當書法家的組成隊伍產生變化，已不再侷限於傳統「士」階層；先生以一科技菁英之姿，走出書齋，以書法家頑強的意志，柔軟的身段，善感的心靈，針砭時事，抒情寫志，發而爲一篇篇詩、詞、散文，極佳地詮釋在這個時代裡書法人的丰姿。

相信，先生是一個典範。未來，我們樂見在臺灣的各個領域裡還能出現更多的「張尚爲」，讓書法成爲全民運動，而這也是先生企盼所在。最後，謹以先生書中的一段話來做爲這篇序文的結束。

「我常希望臺灣鄉村、都市每一個角落都有人在習字、臨帖、講述書法的美好，可惜這數十年來，我的夢想還是一個夢想。……我們都是同桌人，要是這桌子能用來寫書法，在桌上用筆匍匐前進，一齊練心，該有多好啊！」

自在、書寫、幸福

劉鴻旗老師
彰化縣員林書法教室

在我的印象中，尙爲先生是一位風流倜儻、才華洋溢，喜歡一邊寫字、一邊高歌的人。他樂觀積極、不吝於分享他的快樂，更希望透過書法的推廣，讓社會更美好。

我與先生相識，不過兩年光景，卻已是朝夕相處、形影不離，可謂是推心置腹的知心好友。我倆「尙未謀面」，但拜網路牽線，我可以每天翻閱臉書，欣賞這位現代「科技文人」所寫，既浪漫又感性的人生詩篇。

半年前，尙爲先生見到我臉書那些寶貝學生的照片，至爲高興，竟邀我爲文，寫一推薦序編入他的第十一本書—「書法頑家」。

我初次聽到此書名，原以爲這是探究、剖析兒童書法的專刊，哪知他竟然大小通吃、老少不拘，連古今中外相關的人也一併收錄此書之中。

先生囑咐我寫一篇介紹序言，我因推崇尙爲先生，竟沒有太多抗拒，硬著頭皮答應了。因爲我對這本書實在太感興趣了。但事後因才疏學淺，遲遲無法下筆，尙爲先生建議我說：「就寫你自己，你就是書法頑家啊！」

我是個幸福的寫字工人，從早到晚，行住坐臥睡，都離不開書法。別人是嘻笑怒罵皆文章，我則是柴米油鹽全書法。我覺得自己沒什麼好介紹的，反倒是我的師長、朋友及學生，才是正港的「書法頑家」。

在我眼中，第一老頑童，是無人能比的姜一涵教授，他眞是青山不老仙。不僅博古通今，且學識縱橫中西，六十八歲時立志當書法家，近九十高齡中風，於病中仍創作不輟。此等精神，眞令後生佩服。他常說：「要把生命剩餘的價值發揮到極致」。去年，教授九十一歲高齡，風塵僕僕到寒舍鼓勵我這個毛頭小伙子。當天還爲我一女弟子（舞蹈家）題一「舞」字。只見姜老雙手握筆，狀似執劍，大筆一揮，墨氣淋漓。此時一旁助理，見墨暈開，深怕筆劃糊在一起，急忙用衛生紙要吸墨，姜老見狀竟回道：「美人瞇上眼睛，更好看啊！」語罷，衆人驚呼讚嘆。眞可謂「書法頑家」的首席代表！

第二位是生命鬥士—郭韋齊小姐，人稱她是「折翼天使」。七歲那年，韋齊因病截去四肢，但堅強的意志力竟讓她成功的挑戰十八天單車環島。她還攀登玉山、勇渡日月潭、參加國際鋼琴比賽等壯舉。在某一次機緣中，我爲她特製一毛筆，也眞要謝謝她，爲我與友人的書法聯展演奏鋼琴。活潑開朗的她，見我特製的毛筆竟躍躍欲試，我將手套進寶特瓶中，爲她示範寫下：「永不放棄」四個字。輪到她時，她緩緩寫下：「創造奇蹟」回贈於我，她寫得眞好，沒人比她的字更具生命的張力了。

第三位正是轟動武林、驚動萬教的柳宇祐。祐仔語錄的前身，是我創作近百則的書法笑話作品；這些詼諧之作，可消憂解勞、自娛娛人。後來我覺得這些遊戲之作，應該以自然無污染的字體書寫，再加上無邪的小孩臉孔，才是絕配。就這樣，我無心插柳，宇祐的書法語錄竟轟動全球！他一夕爆紅，海峽兩岸有千萬人傳閱他療癒的正能量話語。這個幸福的孩子很愛寫字，每次上課都是笑咪咪的；我常想，傳統的書法教學，硬要孩子練那上書皇帝的楷書極則，是不是反倒揠苗助長呢？也因心有所感，成於寂寞、毀於繁華，我推掉所有採訪報導、文創商品配合及廣告，我怕太多的名利害了宇祐，再也無法單純快樂的寫字！于右老常言：「寫字是人生最快樂的事。」宇祐一定也是這麼想的。

很高興有這此榮幸來爲尙爲先生新書寫序，也藉此機會將書法學習的自我心得與君共享。頑家書法，往往跳脫傳統，隨遇自適，表現出不畏艱險、天眞爛漫的情懷。只要勇於嘗試，一定能揮灑出自在的小確幸！由衷期盼這本書能進一步擴大書法學習的人口，爲社會帶來祥和與平靜。

員林 靜修書屋主人 劉鴻旗 2017 02 27

右圖：生命鬥士郭韋齊小姐。
左圖：療癒系小書法家柳宇祐。

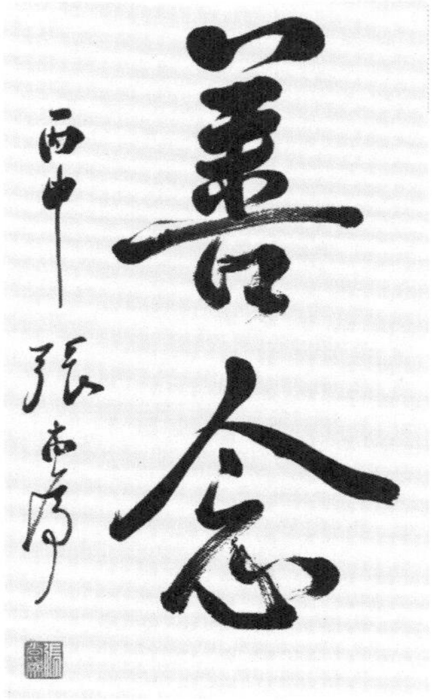

「書法頑家」是我的第十一本書。爲什麼取名「頑家」呢？原來「頑」這個字，有多重涵義，其中較爲人知的定義，有「頑固、堅強」，「頑劣、愚鈍」，「頑皮、好玩」，與「翫賞、品味」等衍生的意涵。中文的優美，就在其豐富的多重字義，正如一層層的牡丹花瓣，令人樂於找尋其內部的芬芳。

「書法頑家」之所以成書，是著眼於現代華人的生活，早已大異於古代文人環境，必須在「玩」的氛圍中，堅持一定程度的磨練，才能在艱困中不計名利、追求藝術之精進；我深信，書法在現世中，必須用方法，打出一條活路來。

這條書法之路，必然是艱辛的，但也必須是以嶄新方式，集衆人之力，來鋪成一條書法大道；基於此，我們應要提煉書法中所涵蓋的趣味與哲理，散發出振奮人心的花香，進而爲華人的心靈注入新血。

本書共有五大章節，其命名分別是「紙」、「筆」、「墨」、「硯」、「心」。作爲一個藝術家要有高度的熱忱與堅持，爲理想而不捨性命；孜孜不倦、焚膏繼晷，只

善念、無想、相忘

張尚為

爲追求人生完美的境界，才不枉負此生。因此，書中所寫到的陳澄波、卜茲、井上有一等人的生命故事，都是可以效法的典範。

第二章「筆」，提到書法論述，把許多學習心得，以簡單文字來闡述類比，冀望讀者可以進入書法領域，找到自己可用的方式與道理。而日本行的點點滴滴，也讓我對書法的有了更深一層的認識；書法不僅在技巧、用墨、與布局，而在文化與修爲，這是我在外旅行時，所深刻體會到的道理。

第三章「墨」，蒐集新創的書法，與周遭人、事、物所發生的小小插曲。如在員林的柳小朋友，以體重爲自我解嘲，寓樂於學，令人敬佩。又如「時我予」，則來自「時不我予」的減字，化悲觀爲積極，爲新時代注入新的趣味。

第四章「硯」，則寫出「愛」的各種面向，把澎湖之美，經由陽光、沙灘、黃鸝、與人文內涵，來逐一闡述人間的眞善美。也許，蘇東坡再世，也將會沈醉在菊島渾然天成的美景中。

第五章則以「心」來呈現自我心情的多樣性。在書法的海洋中沈浮、吟詠之餘，感念自己能寫出美妙的文字與線條，實乃上蒼所恩賜；因此，我也樂於與朋友分享許多學習心得。

本書的完成，要感謝延昤季叔先生在七言絕句的潤飾，陳冠宏兄對書法見解的獨到分享，曾文華兄的人文照片，以及意研堂康志嘉團隊齊心戮力的策畫編輯，才得以產出如此具有高水平的書籍，其中的書法與文字，也都是我人生的甜美紀錄。

爨寶子碑上有一句話：「至人無想，江湖相忘。」對於一個「書法頑家」來說，堅持信念，用善念努力習書，是必要的。而書一旦被寫了出來，腦中就自然會遺忘許多過往的辛苦；心中的天地，如一獨立堅強的沙鷗，也將更加海闊天空。「無想與相忘」，是瀟灑的結局，不是嗎？

爨，音如「竄」，意思是「灶」。

目次

序

第二章 筆

紙

第一章

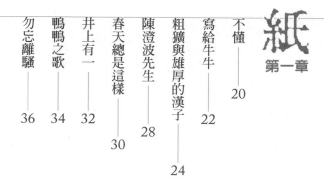

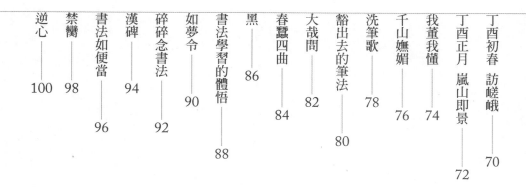

墨 第三章

硯 第四章

第五章 心

第一章

紫陌紅塵
故壘邊
柔心硬頸
學先賢
善念始終
無算計
竹帛意堅
滿福田

大導演李安曾說他自己不懂電影，特別是在3D、4D的每秒一百二十格攝影技術的提升，與電腦直接改變光影、色溫之特技，這都是李安自己要再追求的「不懂」。而在書法的領域，我也有許多不懂，如文徵明、祝枝山所寫的虎丘詩，漢碑與魏碑的涉獵，個人書法技法的精進等等，都是要再努力的領域。秋風對蘆葦的欣賞，是搖曳。但也還有其他的未到之處，如山嵐的攬翠，黃昏的雁歸，都是美的元素。

我的朋友江原立寫了一如詩般的短文，特別摘錄如下：

難耐思念之情，約在溪畔相見。妳清秀正如往昔，一襲雪白，隨風搖曳，染白了湖畔，相映著青山。妳美麗依舊，百看不厭，踏著秋的涼意，趕走了盛夏的酷暑。

踩著詩的韻律，輕輕地走來，用那沁涼輕柔的雙手，溫柔的托起我的雙頰，似水般柔情的雙眼，撫慰了嶸傲，陪伴了孤獨。

蒼芎深處，我心飛揚；一絲靜宓，一抹祥和，我心非我，我意無我。我醉了，醉在妳的溫情中，陶然忘我，嬰兒般的躺在妳懷裡，任妳用那無盡的柔情輕撫我的臉龐。我願就這樣的沉浸在妳的深情裡，永遠沉醉，從不清醒。

讀了他的深情佳文，我寫道：

不懂

李安說　他不懂電影
其實他懂人性

尚爲說　他不懂書法
其實他懂眞誠

蘆葦說　她不懂秋風
其實她懂搖曳

技術猶能日新月異
本質造就堅定永恆
於是　海不知海　但知寬容
於是　日不知日　但知照耀

人不知自己
但知認眞

白露時節白鷺飛，
斗六老農棄耕回。
犁田退役牽柳營，
忠誠水牛心灰灰。

七旬粱平體力疲，
把牠送往安養區。
臨別相送牛搖頭，
不願棄主自上車。

半推半哄始上車，
遲步慢赴德元埤。
安置天年意雖好，
無奈牛本愛故居。

寫給牛牛

拒食六日新主慌，
相請舊主來商契。
親喚牛牛要聽話，
啃食牧草續生機。

再度揮別老農泣，
畜眼珠光不忍離。
人生到此緣將滅，
翁走靈牛把淚滴。

蘆荻瑟瑟生別離，
莫愁翁逝牛無依。
自古人牛同一命，
耕作之樂永歡惜。

六年前雲林縣斗六的七十三歲老農梁平，因年齡與體力問題而思退休，跟他耕作達二十三年的台灣水牛，小名叫「牛牛」，就成了一個問題。老農心想，如果自己先離開人間，獨留心愛的「牛牛」，一定會被賣到屠宰場。左思右想，他為「牛牛」的未來，找到退休之路。於是，老農計畫把牛送到台南柳營的「老牛之家」安養天年。也許是水牛的天性忠誠吧，牠早有預感，主人與牠終有一別；「牛牛」離家時，不願上車，眼中有淚，因為牠是一隻靈性很強的牛；但在主人不斷規勸之下，才慢慢步上運輸車，前往新環境。不料到了新家，「牛牛」有六天不食，新主人慌了，連忙打電話請梁先生前來探視牠；「牛牛」見到老主人來，心裡高興，才恢復進食。一轉眼，六年已過去，目前牠已有三十二歲了，已是接近人類一百二十歲的高齡。牠的忠誠是人們應效法的。眼見台灣的農村正面臨極大的變化，農夫耕作與水牛犁田，都已成稀有景象；小朋友更不知道，牛在早期台灣農村是農夫的最佳生活夥伴。「牛牛」這個故事，要讓它流傳，讓台灣的良善純樸之風，永遠留在台灣人的心中。

註：「桊」音「勸」，牛鼻繩也。

粗獷與雄厚的漢子

卜茲在二〇一三年去世，是台灣書法界的一種損失。

他在世的時候，很刻苦銘心地走過了五十四年的歲月。他的認真與執著，在書法的領域成就了另一種視覺新風貌，是值得令人尊敬的！

卜茲的早期作品，有著強烈明代文人的氣質，文字的外貌很像王寵、陳繼儒。到了中期，他的書風有了變化，比較像徐渭與傅山。晚期的他，用馬尾筆在地上用力揮動筆軸，呈現三百六十度大迴轉的勁道，墨汁因自由落體而驟落，書法樣貌呈現如爆破美學般綻放的氣流，予人視覺的震撼。

每幅二二〇×九〇公分或更大的書法狂草巨構，在台灣誠品畫廊與蘇州博物館展出時，成功吸引博物館與金融界的人士前往訂購。卜茲曾發誓要寫八百本千字文（每本由三十二張作品組成，由一木質盒子精緻包裝），但因淋巴癌末期，無法有體力完成全部作品，留下的數件，已是洛陽紙貴。

哲人已遠，讓我們來讀一下他的話：

「書法的歷史是不斷的往前推移，當細膩與典雅不再是書法的全部時，它將通往一個更純粹的線條與空間的新時代，然書法並不因此而失去它的本質，在粗獷與雄厚的骨子裡，書法將會保有細膩與純真的線條智慧。」

卜茲是粗獷與雄厚的漢子，細膩與純眞是其不死的靈魂。

七十年前的三月二十五日（一九四七），陳澄波先生因仗義執言，爲嘉義鄉親，挺身而出，向國民黨來台接收的軍隊談判，卻淪爲軍方殺雞儆猴的槍下犧牲品。他的雙手被鐵絲穿過，身上中槍，那白色麻衫，猶留有陳澄波先生的血跡，衣物所幸被存留了下來，成爲二二八歷史的一部分。他的遺書令人鼻酸，特別是在自己命危之際，囑咐女婿蒲添生要負責後事，並關切台灣畫壇的團結與成長，是個至情至性的漢子。他的名言「我是油彩的化身」，是深刻、簡短、令人難忘的話；用生命熱愛這片土地、人民與畫作，是藝術生命淬鍊昇華到極致的表現。他的畫有台灣味─淡水夕照、玉山積雪、嘉義公園，都是他的題材。

陳澄波的畫曾入選帝展多次，我的外曾祖父林臥雲先生，也曾爲文祝賀他的藝術成就。據家父口述，陳澄波兩眼炯炯有神，對景物、人情的觀察入微。他在一九三二年到日本東京留學，暑假回台，也到我的祖父家畫畫。他的畫風有獨特創新的辨識性，是學院派中的素人；其浪漫天眞的成分，是那恣放的藍天白雲，與悠閒的市井百姓，大膽的色彩與構圖，直入人心；特別的是他的畫作中，常有電線桿出現，象徵電力帶來建設的進步力量。

陳澄波爲藝術而生，爲政治而死，是值得紀念的。他的肉體生命雖停於五十三歲；其藝術生命，卻是永恆。

陳澄波給女婿蒲添生遺書 民國三十六年三月二十五日寫：

陳澄波先生

添生我的親婚呀！

你岳父這次為十二萬市民之解圍，因被劉傳來先生之推薦被派使節經機場與市當局談論和平解決，因能通國語之故，所得今次殺身之禍，解決民族之自由，絕對天問心不愧矣，可惜不達目的而亡，不過死後之善後我家庭之維持如何辦法？

請多多幫忙你岳父之不明不白之死，請惜愛紫薇等之不周，你岳父在天可能盡力有日來報，賢婿之惠因不淺，嗚呼我的藝術呀！終不忘於世者是，你岳父之藝術可有達之至哉。敢煩接信之際，快點來安慰你岳母之康安否，善後多多幫忙幫忙。

告于藝術同人之切望

須要相互理解不可分折為要，仍須努力，此後島內之藝術之精華永世不滅之強力前進，為此死際之時，暫以數語永別無悔呀。

我同道藝兄呀，再進一步之結果，為要呀，進退須要相讓勿可分枝作派，添生君多少氣有稍強敬煩原諒老兄之志望也。

鄙人的作品敢煩請設法，見機來作個展之遺作展也，希望三分之賣價提供于我台陽展之費用。

大概明天上午在嘉市離別一世呀。

嗚呼哀哉我藝兄同人呀，再會！

民國三十六年三月二十五日澄波頓首拜

時值二二八事件七十週年，特以此文，悼祭那以良知熱情而奮鬥的英靈。

春天總是這樣

春天總是這樣　相應不理
離棄或是相遇　沒人在意
滿山櫻花　招搖成海
人被花賞　也被鳥踩
至於春天　還有多少花將要盛開
蜻蜓和蝴蝶　還是否倆倆相愛
那準不是一個　必答的問題
春天總是這樣　懶得理你

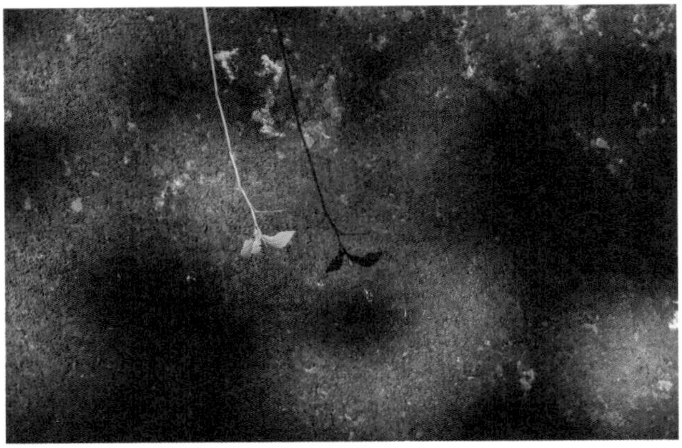
路邊・牆上・坡崁・一點綠

夕暉映射水榭台
斜陽照刺眼難開
端凝碧如畫如年畫
像是金閣護青苔

井上有一

井上有一是日本近代書法史上，一位前衛新創的明星。

井上有一出生於一九一六年二月四日的東京，在日本捲入二次世界大戰的中晚期，他以生命爲軸，以熱情爲紙，擘畫出當代的眞性情。他光頭、裸身、吼叫，寫的「貧」字，強烈的「一字書法」，展現日本人不畏辛苦，要在戰後爬起的決心。反觀台灣，數十年來，在許多不同政黨不同意識形態的作弄之下，書法如冥河，已消迭在自己歷史的時空中；更可怕的是，我們面對無根的文化，卻還不知痛楚！

日本是重視書法的。東京的銀座是地價最高的地段，有新光三越、加賀屋，與一家書法專業店「鳩久堂」。這書法專賣店，就聳立於熱鬧的十字街頭。那五層樓的商店除了一到三層是販售書法用品之外，四與五樓更規畫爲定期展覽書法作品的地方。許多老外也來這兒購買書法用品，想必是喜歡東方文化的友人。我在三月初到銀座參訪這家書法商社，正巧碰到女性書法協會的聯展；那些飄逸的書法，是大家閨秀的字跡，欣賞之餘，猶能想見—日本女子學習書法後，展現出的優雅氣質。

是日中午，我到「加賀屋」用飧，隔壁來了一位白髮老太太，我向她打招呼，聊了幾句，才知她是今年七十八歲的香月女士，她也識得中文與書法之美。她用飧時，嚼物毫無出聲，幾乎沒有呼吸聲息，舉止高雅，穿著打扮合宜，實在是文化氣質一流。我請問她日本毛筆上刻的字是何意？她說是：「薄雲」，我與她合照，作爲紀念。

「書法是萬人的藝術」，這是井上有一的名言。是啊！日本人何其有幸，把書法發揚光大。書法是可能影響一國人民思想、品德的一種藝術，可惜我們不太倡導書法啊！

我與香月女士

鴨鴨之歌

本詩是描寫巴爾幹半島國家克羅埃西亞的綠頭鴨。那十六湖國家公園的冬寒，有著一種高古孤傲之美。瞧那鴨子，不畏冰冷，勇往向前，給我們帶來硬頸與頑強的生命力量。

十六湖面綠頭鴨
游走銀鏡白無瑕
孤鶩獨行懷大志
克羅埃西亞爲家
落霞淺灘覓魚蝦
陡坡急瀑恁咬牙
孜孜不倦殘雪下
切切急行早回家

勿忘離騷

農曆的五月五日是吃粽子、欣賞龍舟比賽的日子，但現今社會，已少有人記得屈原與他的文學作品─離騷。屈原所處的時代，政治經濟狀況固然與現在已有極大的差別，但屈原若是活在現代，一定也是對目前政治的環境搖頭。

端午假日前夕，一位洪姓女士對老兵咆哮，稱他爲中國的難民，要他回中國去。這種以省籍爲出發點的不當論調，依然深植在少數公民心中，所幸執政最高當局，立即下令要禁止這種不當的言論持續蔓延，言語上的霸凌才稍稍得以制止。

要是屈原復活來到台灣定居，一口發音難以辨識的古話，鐵定讓許多人要大做文章了。口音是令造成人們心中起疙瘩的因素之一。我在美國唸大學時就有白人同班同學向老師報告，不願意與亞洲人同一小組，因此，課堂上的分組討論，我們這組是台灣、中國與非洲某個盛產金礦國家酋長之女共組的聯合國。由於我們前來留學的一群人已感受歧視的氛圍，反而彼此惕勵、特別努力用功；最後，我們的課堂口頭簡報與書面資料，都獲得A+的成績。這種省籍、種族的誤解與不合，成因應該可以消除，只要大家放開心胸接納彼此，就可以匯成一股更強大的力量。

加州大學校園有一句名言「Diversity Makes Strength.」中文翻譯爲「差異產生力量」，也正是說明「有異中求同，才能世界大同」。屈原是中國人？還是台灣人？都不重要，這是地球村的時代，人人應摒棄成見，才是一個社會精進的正道。

日本青森縣弘前市的弘前公園，鯉魚避寒，各色鯉魚，相互取暖，情態感人。

第二章

筆下山河
雲逕絕
江上蘆荻
掩鷺鷗
詩吟酒氣
盈衫袖
寫出人間
無盡愁

一口吸到腸腹裏
翻身散化霧满天
元氣淋漓五

大桌子

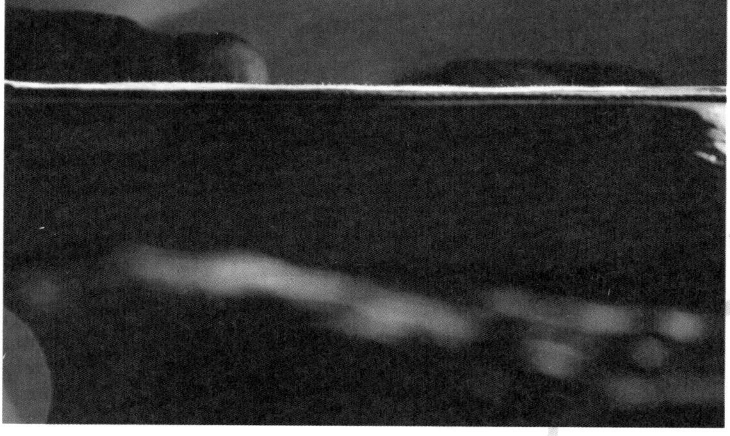

我經常觀察都市裡大街小巷所設的茶館、咖啡屋，總能在燈光美、氣氛佳的環境中看到一個大桌子，這大傢伙是商家做生意的亮點，每當我親近它，心中不免油然生起一個幻覺，「要是這桌子能用來寫書法，該有多好啊！」

我常希望台灣鄉村、都市每一個角落都有人在習字，臨帖、講述書法的美好，可惜這數十年來，我的夢想還是一個夢想。

最近新聞討論的熱門話題，是蛙人的結業式，「咾咕石匍匐前進的天堂路」，這種訓練，太過殘忍，國會議員建議國軍要考慮改正。這倒使我想起咾咕石的存在，恰如書法學習中的艱辛，想想唐朝的名書法家懷素是如何苦學，把寫壞了的毛筆匯集成塚，又把芭蕉葉當成紙來寫，這些過程，都是磨練啊！

最近電視也播出一群憲兵走路不整齊的畫面，眞希望那只是一小撮人的行徑，不要讓整個軍威與國家顏面掃地。「烏之礁」事件，我們勇敢的派遣船艦去護漁，是有力的愛國鐵證。人先自欺而後人欺啊！因此古人總說「天行健，君子以自強不息」，就是勉勵我們要以堅定意志把國家社會、個人鍛鍊好，才有光明前途。

我們都是同桌人，要是這桌子能用來寫書法，在桌上用筆墨匍匐前進，一齊練心，該有多好啊！

丙申春日
日本印象

三月初的東京灣，早晚特寒，那海港邊吹來的冷風，叫我這個傻子不得不花錢就地採購禦寒衣物。於是我買了毛帽、圍巾、大衣、手套。我本以爲東京這時已轉暖，殊不知以前來到的是繁華的品川鬧區，這次來到的是台場，特別空曠，風的威力令人不覺的打了哆嗦。

此次來訪，是爲了參加日本能源業的大事—日本東京國際電池展，這個展極富盛名，主要是日本人對能源的重視，並一直有高科技的研發與產出，値得大家來觀摩、學習。

迎面而來的港社長，是我們在日本的友人，在他的引導下，我們得以將台灣一流的電池芯介紹給日本夥伴，我們都共同爲一個乾淨的地球而努力，讓有污染、耗能、危險的電能應用都漸漸汰換，以潔能、節能減少碳排放爲最終目的。

十七年前我任職台灣東芝與新力兩日商公司，常因公司業務飛到日本開會，這次再度前往，其都市的繁華依舊，經濟不景氣的景象並不明顯，市容依然整齊，大樓高聳，行人有序；特別是高速公路上的車子，沒有人蛇行或任意超車，這是令我感到激賞的地方。大抵上，日本人的國民教育與道德感是有優勢，値得台灣學習。

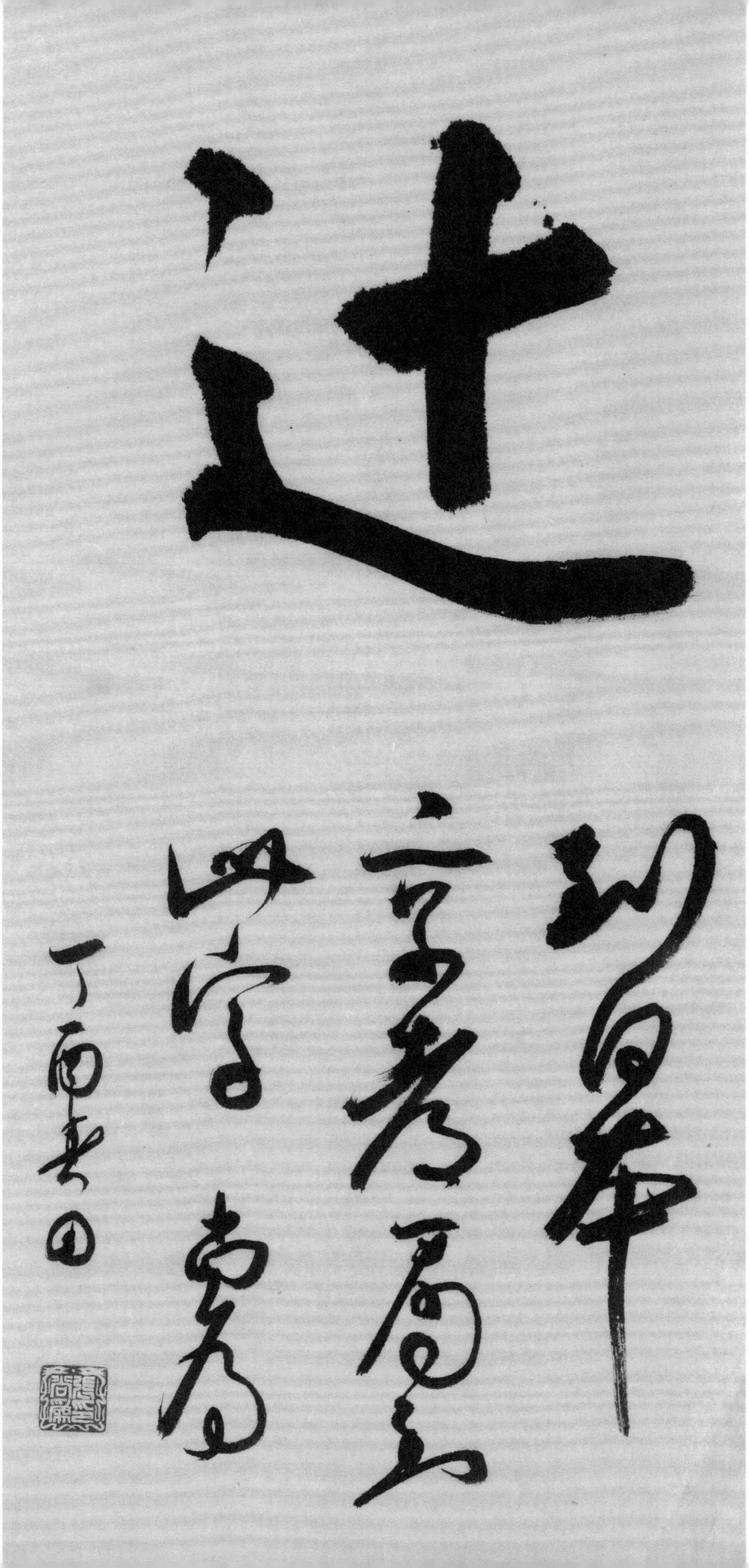

這是和製漢字，音如「時」，意思為「十字路口」，我也用此字謹記自己書法恐在「行草」的十字路口，要往「漢隸」走。

丙申春日
銀座紀遇

古都曆　加賀屋
琥珀　翡翠　芝麻　三色豆腐
海老眞丈　鰆幽庵燒　能登樵茸
強肴爭舞
鳩居堂　筆墨莊
薄雲　仁壽　御光　齊聚一堂
銀座風華　石貓地標　人間巧遇
和風月香

原文：

先日は素晴らしい書をご送付いただき有難うございます、拝見するたび、心が温くなります、今は桜の美しい季節でございます、先生のお人柄感謝いたします、お体に気を付け、今後の活躍をお祈り申し上げます、簡単ですが、礼状にかえさせていただきます

Miyako

非常謝謝你前些日子寄送非常美的書法，每次拜讀的時候心裡感到非常的溫暖。現在是櫻花美麗的季節，感謝先生你的人品，請保重你的身體。今後期待你的活耀，雖然非常簡單但還是送上感謝狀謝謝。

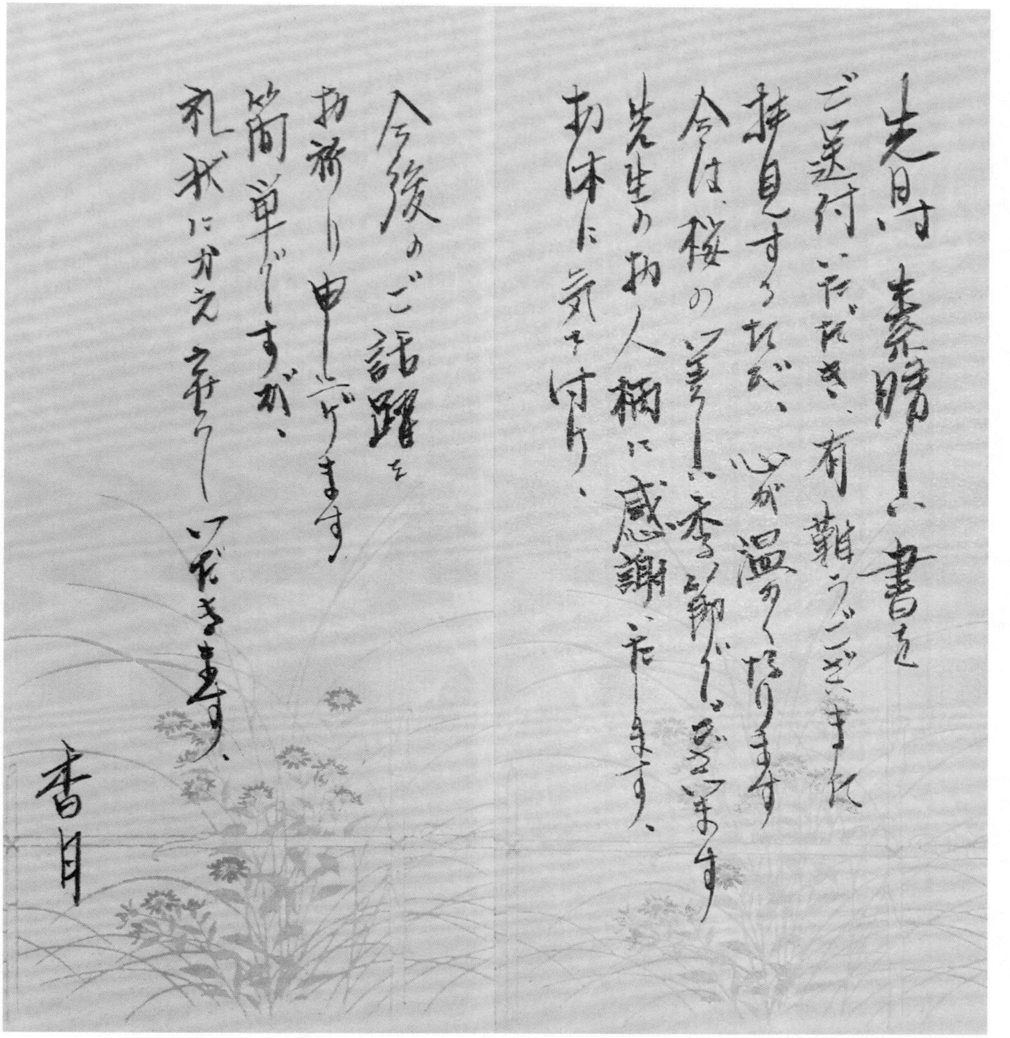

先日は素晴しい書を
ご送付いただき、有難うございました
拝見するたび、心が温かくなります
今は、桜の美しい季節でございます
先生のお人柄に感謝いたします、
お体に気を付け、

今後のご活躍を
お祈り申し上げます
簡単ですが、
礼状にかえさせていただきます、

香月

日本友人的來信，令我感到窩心。

芝蔴街（SESAME STREET）中的漢字

住在美國的麗娟學姊二十來歲即隨家人移居美國，婚後長居紐約，至今已三十年。她的女兒今年廿四歲，除了會聽台語、會說簡單的華語外，沒上過中文學校的她，對於漢文堪稱「完全文盲」，除了與外婆交談外，只會使用英語，因爲這是她的母語；即使大學時選修過一年中文，學的都是羅馬拚音，考試也是羅馬拚音，所以依然「不認識」中文。

但在她的腦海裡，竟然深刻的認得幾個漢字。我問學姊，爲何女兒會記得漢字呢？她笑著說，是拜電視節目芝麻街英文所賜。當年的家長通常讓小小孩們看芝麻街（Sesame Street）等公共電視播放的教育節目，曾經有一集「芝麻街」中的片段，用卡通式的動畫演示了「雨」、「人」、「大」、「中」等中文字，使得不識中文的小朋友，就記得了這四個可愛好玩的漢字，而且印象深刻。這是直到學姊的女兒上中學之後，有次閒談才無意間得知的。

中華文化的根基是具有其獨特的文字，而書法的基本也是文字。

小朋友從動畫與影音的設計中，可以了解到字的型與義，是一種極佳的入門學習方式。美國是個多元種族的大熔爐，亞裔的勢力正在抬頭，許多華人的下一代，都在政治與商業領域有了傑出的表現。華人家庭並不以台灣的傳統教育，一味追求標準答案的內涵爲主軸，他們揚棄了塡鴨式的窠臼，而是注重啓發性的追尋眞理，培養年輕人自己找答案的能力。

美國社會常對小朋友灌輸「NO ONE IS PERFECT」的觀念，意即「沒有人是生而完美的」，並強調「YOUR ARE NO.1」的正面鼓勵價值，也就是要年輕人體認到「天生我材必有用」的眞諦，每個人都應發揮個人特色與專長，造福人群。因此，培養出的新生代自然有信心，抗壓能力強，這是我們可以學習的地方。

清事之

好信於善

心不煩

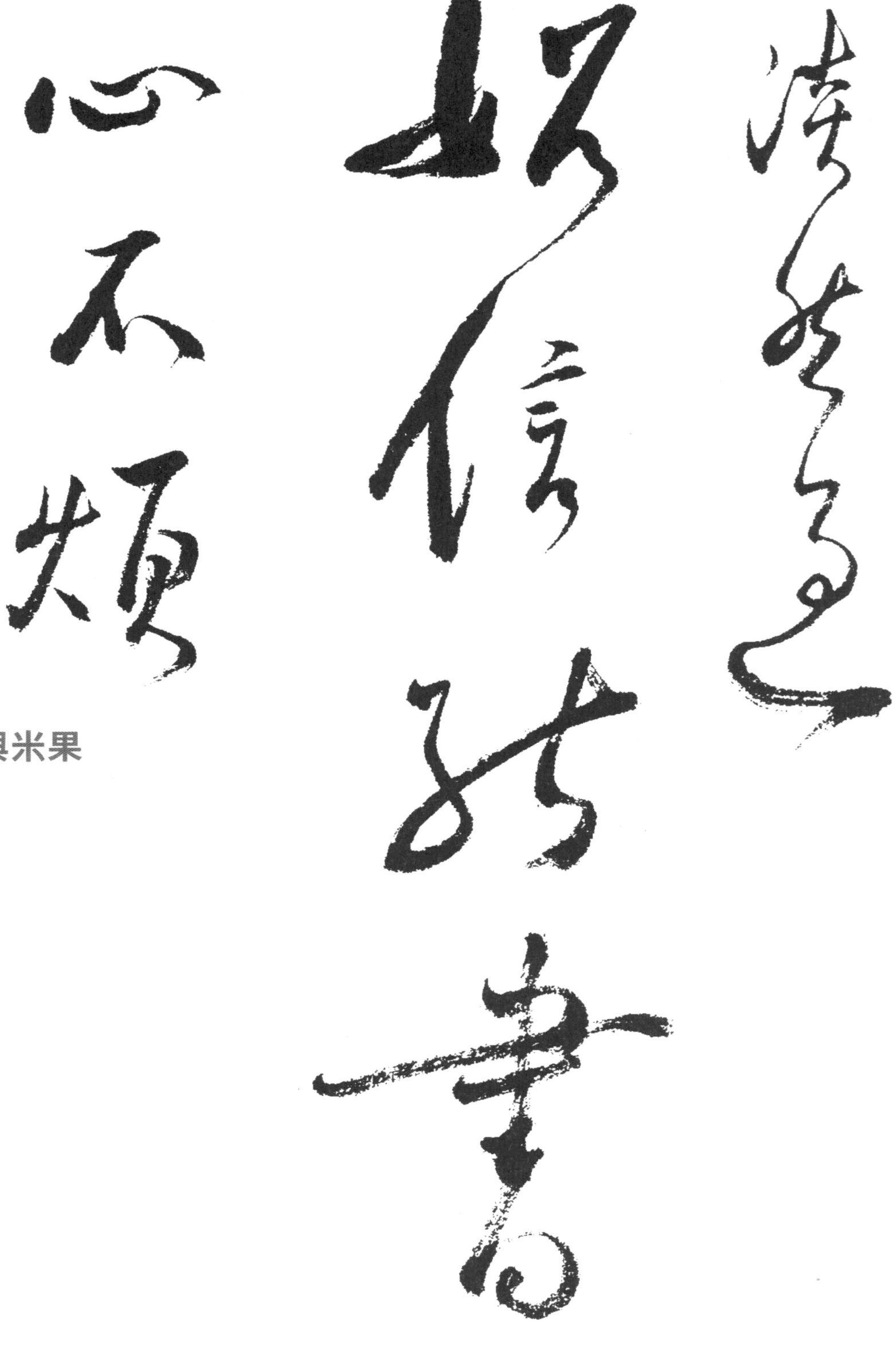

餅乾與米果

二十幾年前我在美國加州讀碩士班，修了一門統計學，正好遇到期末考，同學們心情都很緊張，不知道老師的題目是否自己有能力順利答完。基於此，老師以過來人的身分，精心安排了小小心意，帶來她自家烘製的手工餅乾，在課堂上，一個一個的請我們吃。她以誠摯的口吻要這群面對考試，緊張中作答的同學放寬心情，把餅乾吃了。於是我們一班十五人就在餅乾喀滋喀滋的響聲中，完成了統計學的考試。我的理工背景讓我對數字並不害怕，有了老師貼心的小甜點，更能放鬆心情，沉著應戰。而這樣少有的老師，其言行也一直感染著我。

也正好是數天前，彰化員林友人劉鴻旗先生的臉書登出一群年約十歲的小朋友，嘴巴各含了一片米果，正襟危坐的寫起書法來，而且還是臨摹楷體。這一景一幕，觸動了我的心靈；我想，這是試煉，還是情趣？我的腦海浮現出年輕時考統計學的情景，這小朋友書法班的教學實在是新奇有趣，在老學究的眼裡，這種吃東西的舉措，是不能登書法雅堂的。然而，時代也變了，在教室中多一些趣味，不啻是生活中的調劑品。偶爾爲之，應是可以的。

攝影：劉鴻旗

丁酉正月
詩遊嵐山見蘋果花

雲雀美姬蘋果花，
嵐山日月渡芳華；
翠微幽徑竹林外，
神仙眷侶競相誇！

美空雲雀唱蘋果花之歌，以抒想念其母親之情。

丁酉正月
阪京記遊

和煦柔光春之際，
鶯花踞滿柳外堤；
人踩輕階鳥鳴樹，
行吟嘯傲比雙棲。

一蘭拉麵味更奇，
西尾抹茶記依稀；
來去京都思不盡，
炊煙裊裊了無期！

極樂橋邊留鳥好，
來詢春訊猶嫌早；
淀洲遠處夕陽斜，
秀吉家康大阪老。

攝影：張尚為

江蘇省地活風
世界之宣誌萬
風雷錯存
華地之道遊萍

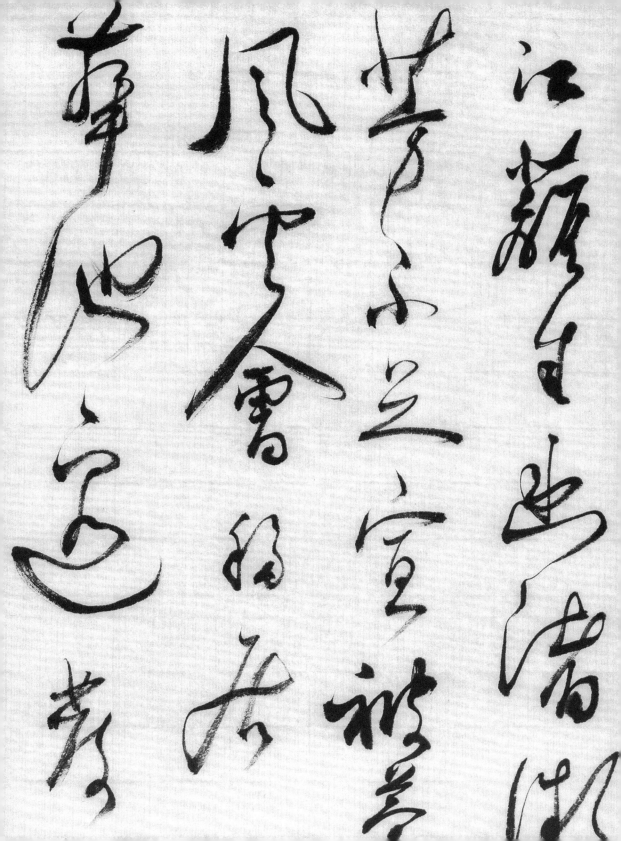

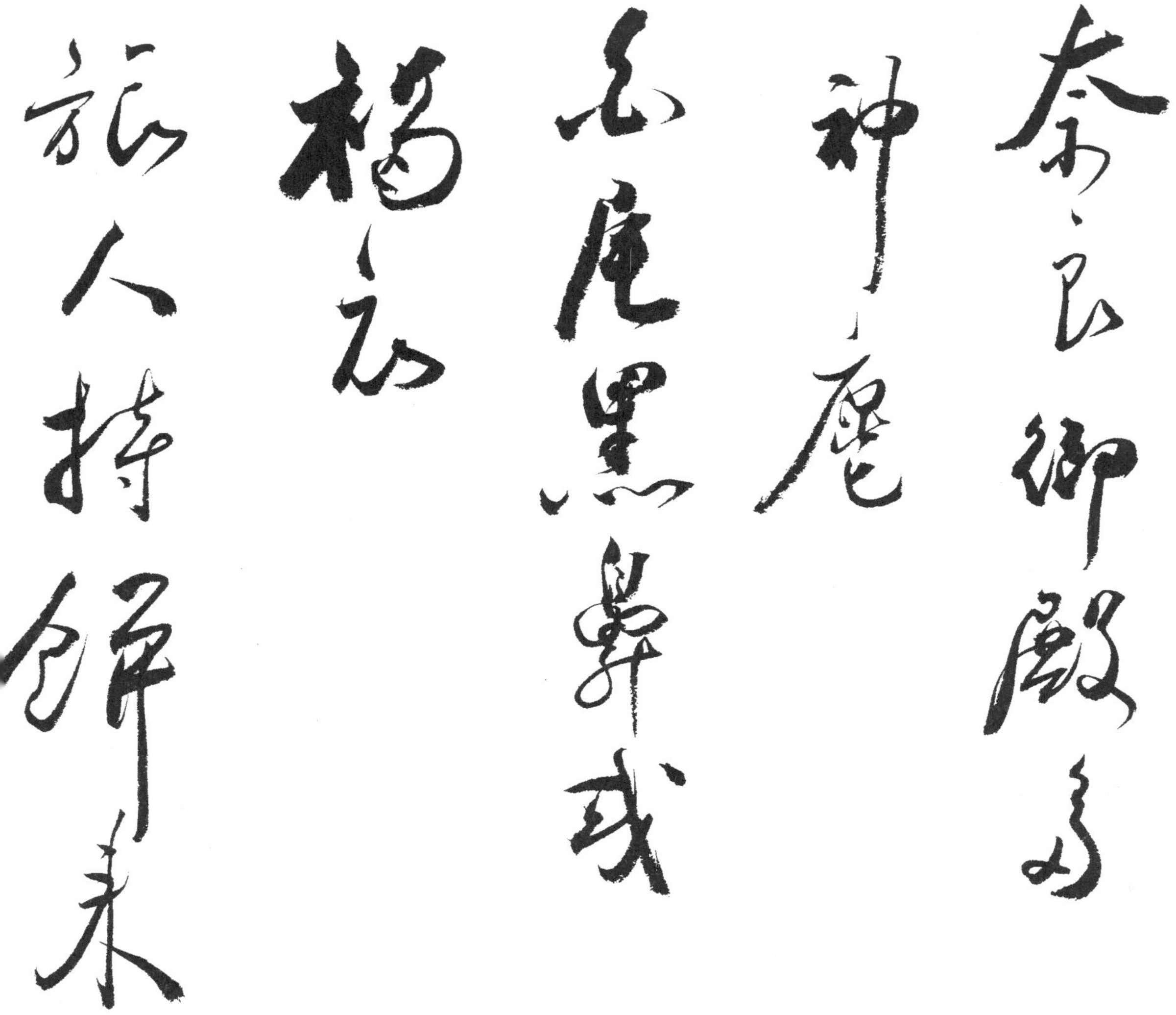

奈良御殿多神麀，
白尾黑鼻或褐衣；
旅人持餅來飼餵，
呈供如山把福祈！

丁酉正月
訪東大寺見神鹿

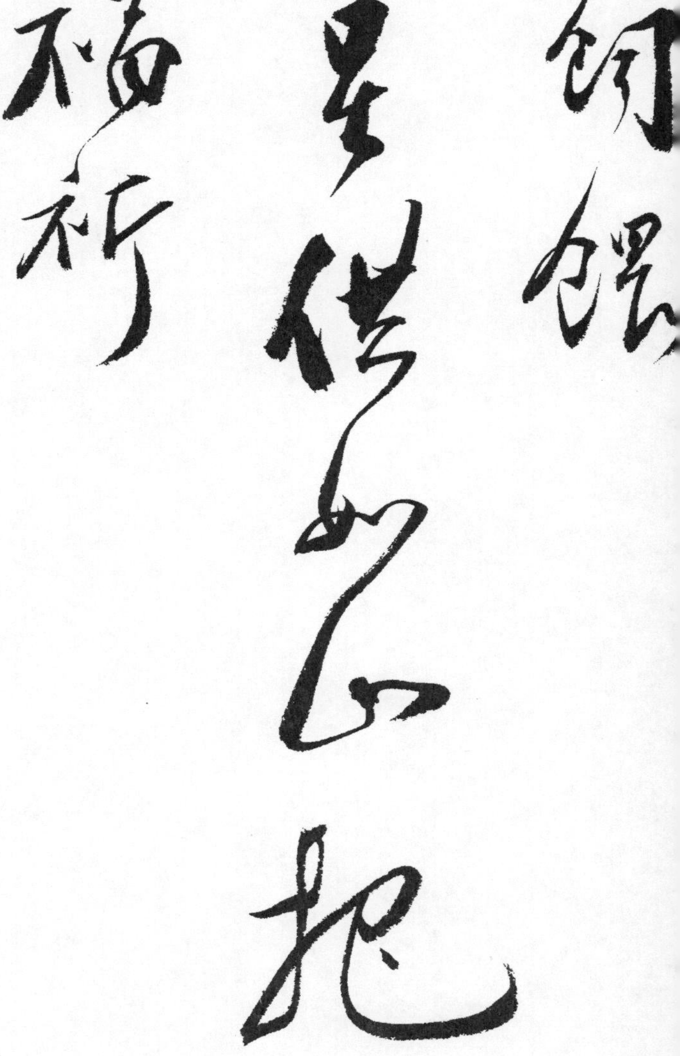

「麀」，音為「比」或「匹」。
母鹿也。

攝影：張尚為

訪金閣寺鏡湖池有感

金閣鏡湖見倒影
珠光桂薪轉瞬輕
阪京古道淌熱淚
唯願蓬洲政清明

改嘗潯張珀珠瀲金
清顧熱京古瞬光閃
明蓬滿道韻桂身碧
　蓮　　　花影波

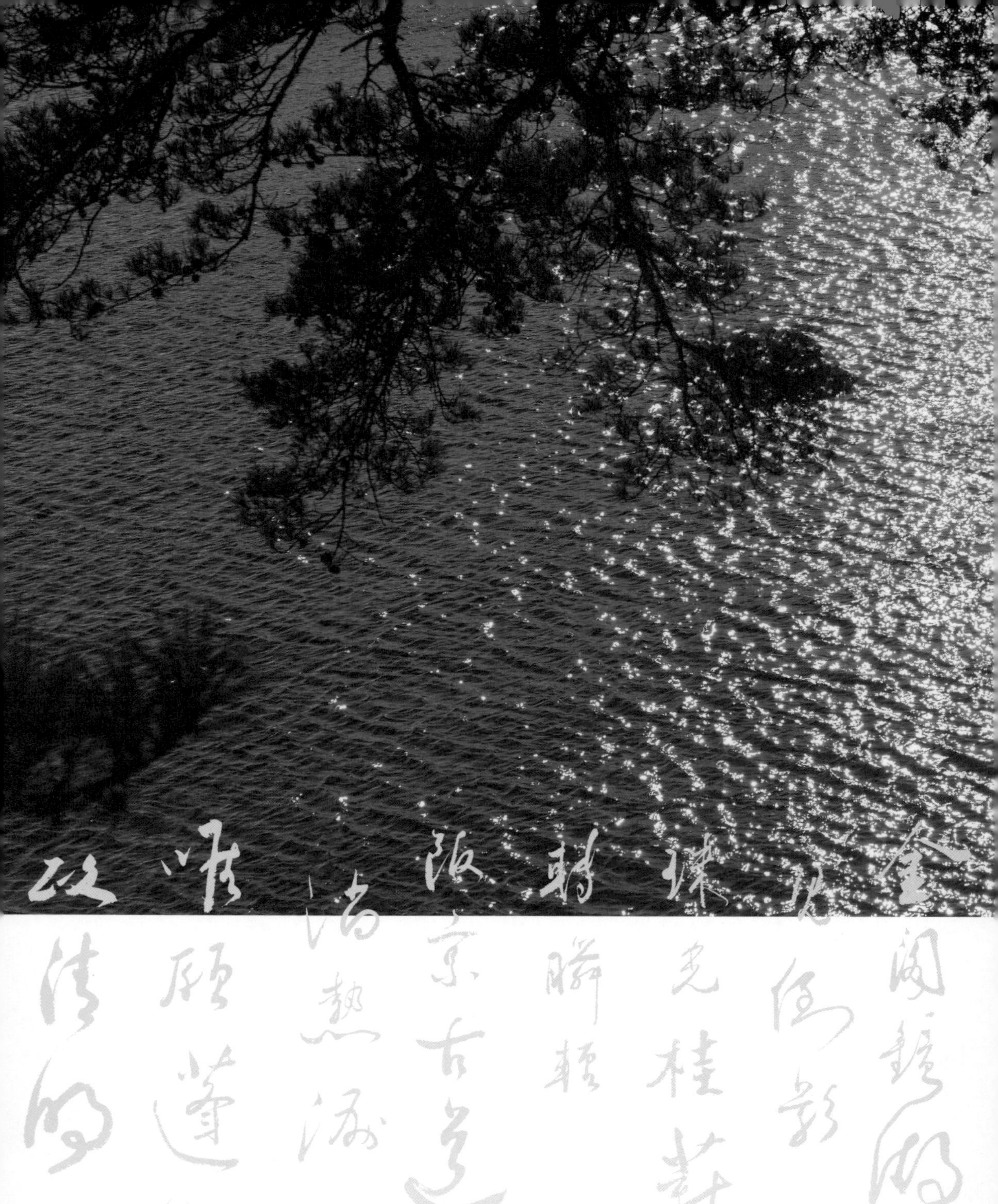

丁酉正月
訪金閣寺

夕暉映射水榭台，
斜陽照刺眼難開；
端凝碧茵如早雪，
緣是金閣護青苔！

老婆說：這金閣寺的草坪，美極了，
如灑金羽絨；細看，是青苔。
我倆關係，不就是金閣護青苔嗎？

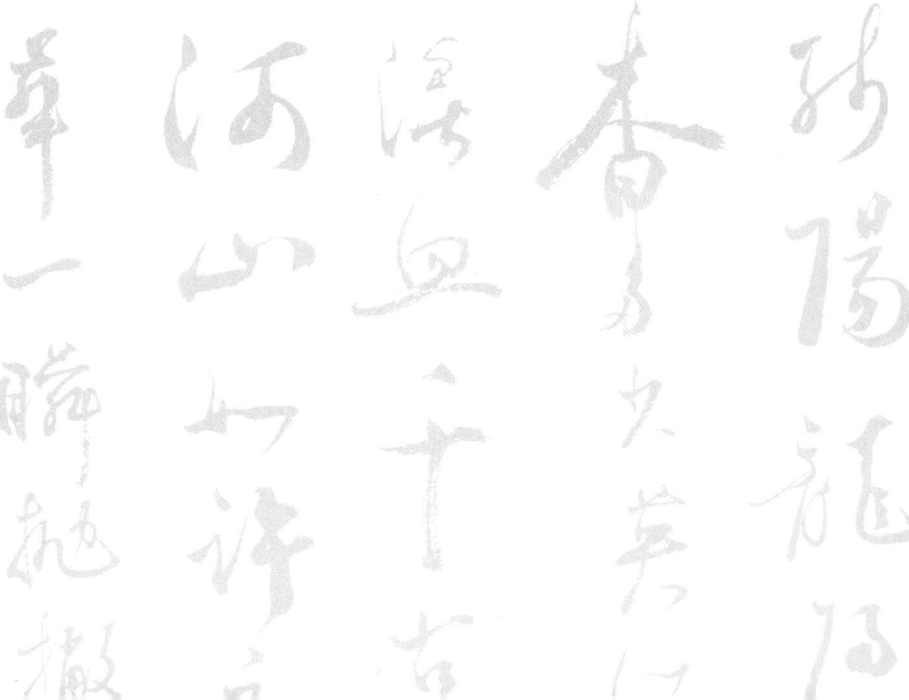

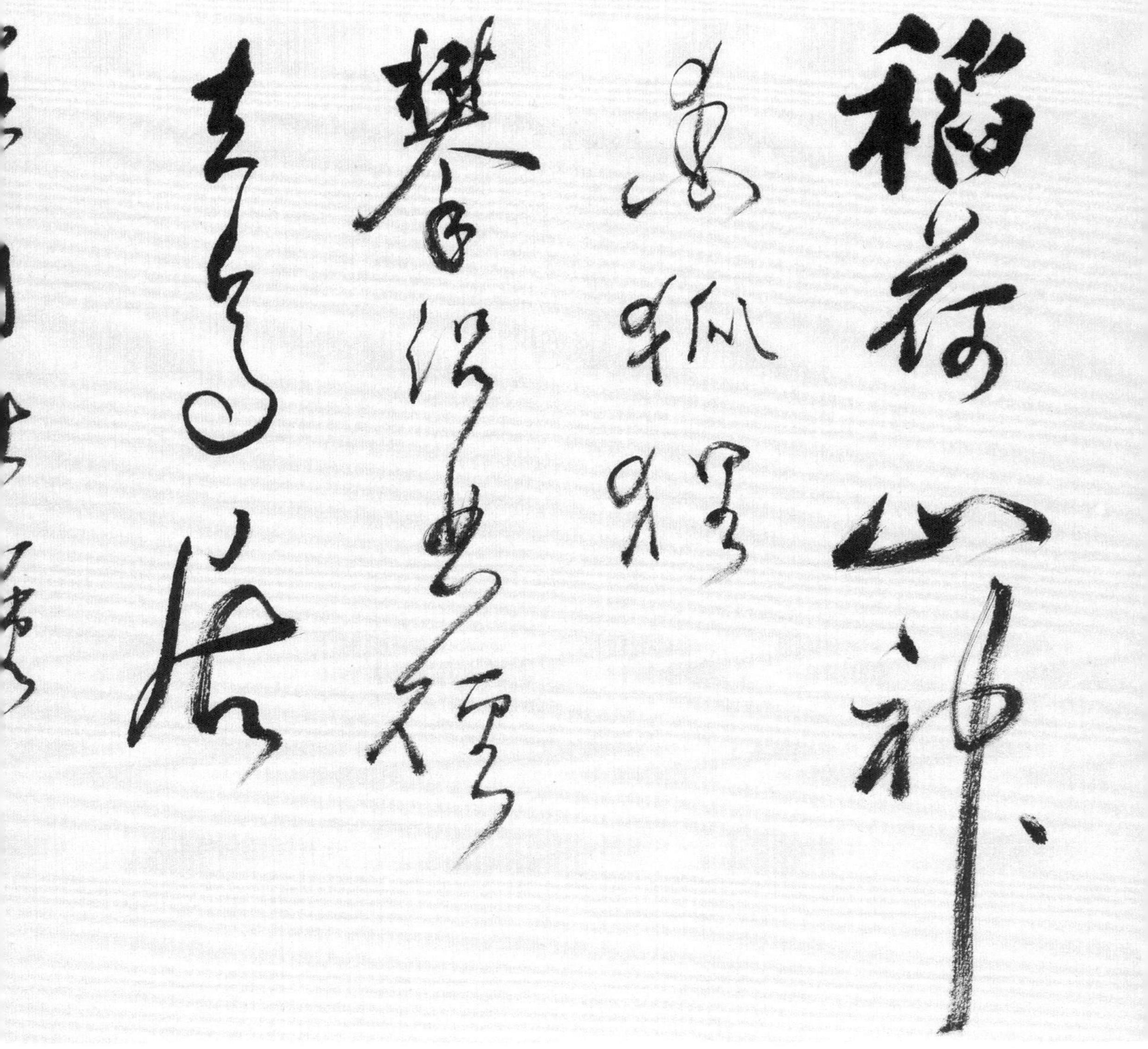

稻荷山神愛狐狸
攀沿曲徑立鳥居
並肩比踵無間距
古木參天曉鴉啼

丁酉正月
訪伏見稻荷大社

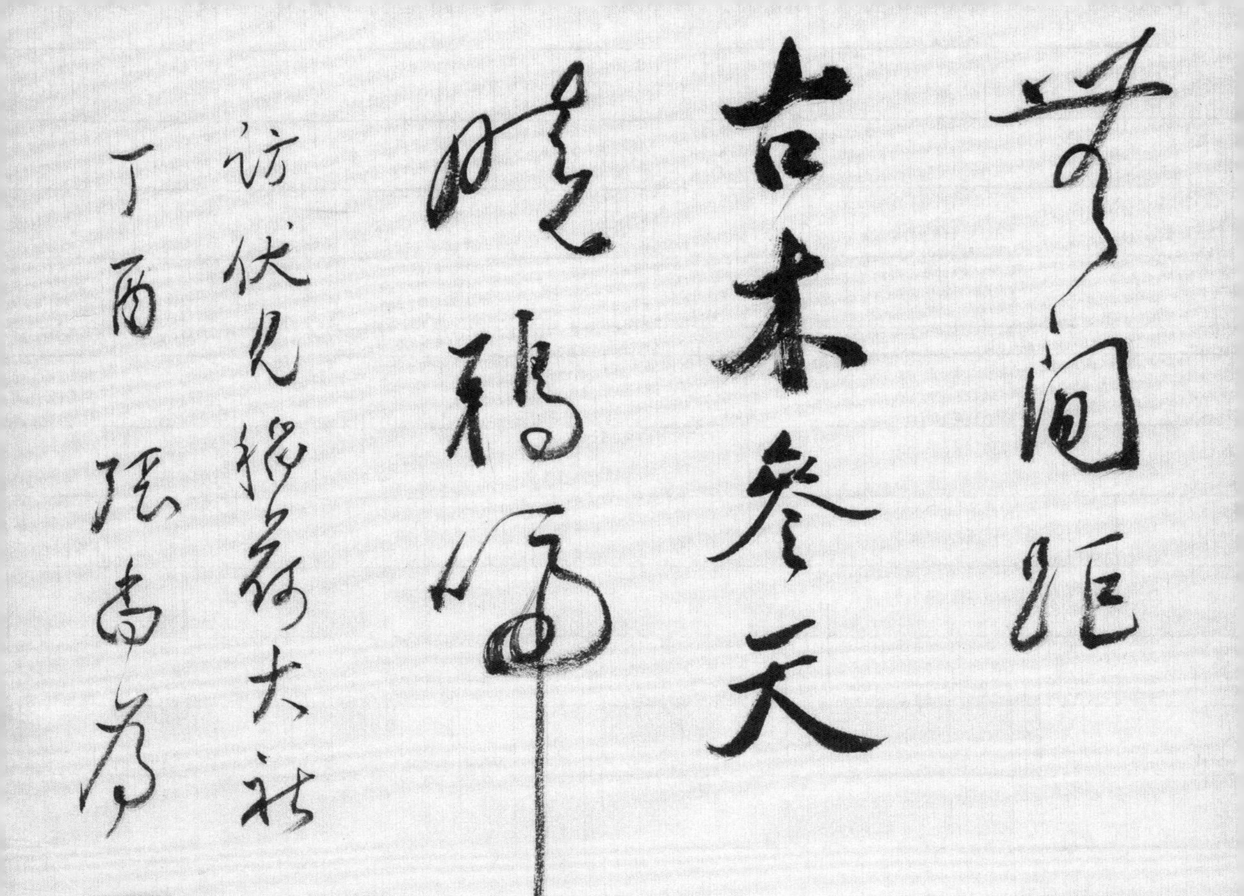

狐狸在農耕與收割忙碌時節，為農夫抓田埂中的老鼠，深獲好評。秋冬之際，無鼠可抓，農民改用豆皮餵養狐狸，以為感謝。稻荷神社，即是供奉五穀之神。滿山滿谷的橘色鳥居，反襯綠野的肅穆與寧靜，予人正氣與朝氣。這些鳥居為我們帶來視覺震撼以及心靈療癒，鳥居全由信徒捐贈，祈求國泰民安。

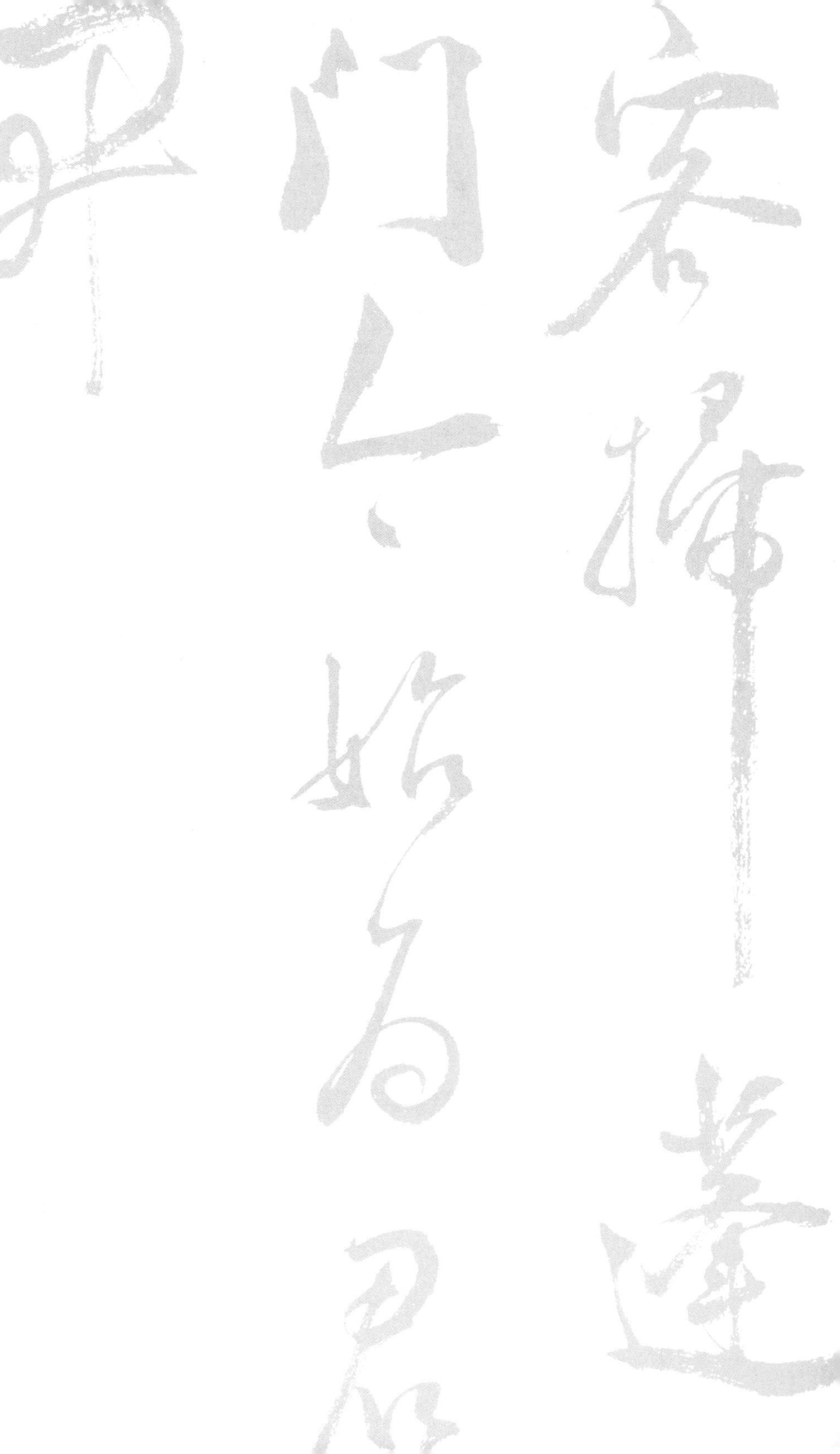

丁酉正月
清水寺

舀除夕的水，填今日的杯，
煮一壺茶，迎妳的美。
提昨夜的筆，寫朝霧的心，
記下眼前，山的嫵媚。
踩熙嚷的街，喚青春的夢，
訪清水寺，萬丈豪情。
拜多面觀音，轉紅燭孤蓬，
折千紙鶴，喜樂相隨。

舍利殿外留金影
禮佛心向存志也
廣苑梵音松上傳
是語句投人相悟

舍利殿外箔金碧
禮佛心內存知己
鹿苑梵音松上湧
晨鐘暮鼓人相憶

丁酉初春
訪金閣寺舍利殿

攝影：張尚為

玉壺冰
合歡釀
秋臨品蟹黃
府中燈正旺

蟬衣紙
鼠鬚筆
春華墨先嚐
寫盡相思漾

相思合歡

相思

合歡

自由瀟灑

沒有罣礙

據說：飲合歡釀、臨寫書法，可以削減憂鬱。

丁酉初春
訪嵯峨

千尋嵯峨綠松矮
一垣舊牆紅杏開
寒鴉囀韻枝頭叫
最喜春風報歲來

尚為某起韻，
也斋先生續韻。

良緣締結嵐山下
黑色鳥居祝盛家
呦呦鳴鹿祈安雅
二申玉如蓬如毛
面打桔相勤勞瘓
食糧諸慢勉力他
夢雲珠石曹渦定
鯉躍龍門孫枝砂
丁酉初三遊嵐山
即景南為

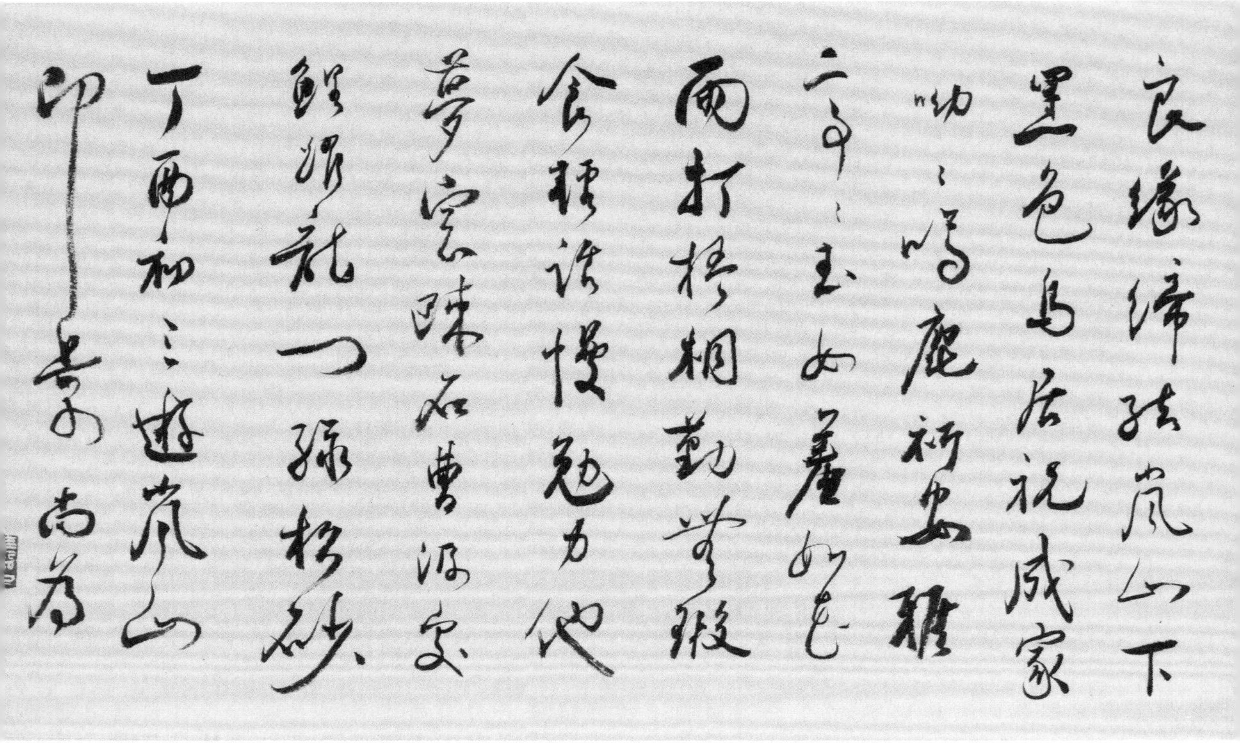

丁酉正月
嵐山即景

良緣締結嵐山下，
黑色鳥居祝成家；
呦呦鳴鹿祈安雅，
亭亭玉女羞如花。

雨打梧桐勤無瑕，
食輕話慢勉力他；
夢窗疏石曹源處，
鯉躍龍門綠松砂。

攝影：張尚為

野宮神社是日本天皇帶未出嫁公主來修練身心的地方。那少見的黑色鳥居，是祈求好姻緣的參拜處。一旁的天龍寺，有知名的庭園造景。曹源池塘，是日本國師借六祖惠能佛宗法派所立的地名，由夢窗之人執事造作鯉魚跳躍龍門的景觀。本詩的內容因景物至美，遂為我女兒求好緣而寫出。

我董我懂

一早起床，隨手拿到桌上一堆字帖的其中一冊，是董其昌先生的「羅漢贊菩薩藏經後序」，這帖中的書法，一如董其昌的書法特色，是飄逸且行間特寬，用筆輕柔，如拈花微笑的佛音繞樑，予人清新之感。

我信手拈來，看其筆順、結字風格與特色，依樣畫葫蘆，倒也有一些神似。我的友人以前說我的字像董，我有些不信，但現在去臨摹它，卻有很多相似，可能是DNA有許多相近吧！

寫完書法，我去淋浴，期間感受到水流、時間與書法，幾乎同為一物，這體悟是生平第一次啊！沒有水，就無法運墨，筆就無法書寫；沒有時間的淬鍊，人格就無法成熟，也無法有歲月之洗禮而產出美的書法。

而書法又與文字的描述息息相關，講的是人的七情六慾所衍生的諸多凡事。在時間的橫軸上，我們都是過客，在水的宣洩中，我深深地為自己能寫書法而慶幸，也感恩這種天命。

爾時須菩提聞
說是經深解義趣
涕淚悲泣而白佛
言希有世尊佛說
如是甚深經典我
從昔來所得慧眼
未曾得聞如是之
經世尊若復有人得

千山嫵媚

千山嫵媚千山水
落雁紅霞衆鳥飛
一路旅行一路詩
驀然抬頭家已回

洗筆歌

我常洗筆　順帶洗墨
甚愛運筆　卻不磨墨
餘墨水沖　餘情心中
筆滯沉思　筆動來風
清晨速寫　夜半所夢
運筆游龍　來去藏鋒
鳶如長虹　紙是天空
字富美意　善念爲終

新北市雙溪淡蘭古道一景

豁出去的筆法
源自改變自我的慣性
如月繞地球
偶遲頓　偶前行
軌道傾角
鶼鰈互躍

豁出去的筆法

自轉如自運
公轉如臨摹
潮汐交相道
杖策賞太陰

豁出去的筆法
源自改變自我的心性
如地球挽月
驚險處 撞慧星
意接鬼神
筆闖人間

大哉問

子曰：「大哉問，禮與其奢也寧儉，喪與其易也寧戚。」我想問，我們這個年代，需要甚麼樣的書法？

書法在古代是一種尺牘，也可能是一種文稿，或是一篇祭文、頌辭，不一而論。到了二十一世紀的今天，電腦打字取代我們書寫的表現方式，書法反而成爲小衆的修行或成了吸睛的視覺藝術。這些都不是書法的本質。眞正書法的本質應是用毛筆寫出一段文字，而這文字是可以辨識其內容的。書法的本質是實用與美感兼具。

反觀現在的書法，被美工設計的思潮所帶領，把文字經由巧妙的編排，在有限的空間，以筆墨勾畫出字的樣貌，這樣的東西就只能稱之爲書法的視覺表現，離我心中眞正的書法還是有些差異的。

眞正的書法是一種人格養成教育，由七歲開始，跟隨華文識字寫字的學習過程，一路共同成長；走過青少年、青年壯年，直到老年的人生熟成與老化過程。

書法是自我心性的雕鑿，可以由字本身的外觀、書寫的內涵去管窺一個人的心靈圖案。而書法更是一輩子的事，天天與筆爲伍，從古人的精典作品中找到運筆佈局、與品味之精華，從而在自己的個性與不斷的琢磨試煉，才能有自己特色的字體產生。

其實寫出極好的書法要有天分，如果天分有限，也不用氣餒。因爲書法貴在參與其中，就如同接觸音樂一樣，可以從投入的過程，自得其樂。書法是神祕但又親民的，只要你願意，都可以藉由學習獲得美感與幸福。

我想問，我們這個年代，需要甚麼樣的書法？答案是：「拿筆試一下吧」！

書法是一條漫長的路，猶如登山攻頂，需體力與毅力，共勉之。

春蠶四曲

春蠶不應老　晝夜常懷絲
何惜微軀盡　纏綿會有時
春筆本已老　晝夜常懷道
須臾朱燈黯　爾時有狂草
春心終將老　晝夜思年少
忘卻風骨瘦　臨帖常起早
春意不嫌老　晝夜勤祈禱
永記父母恩　立言傳福報

第一段為南朝樂府西曲歌《作蠶絲》

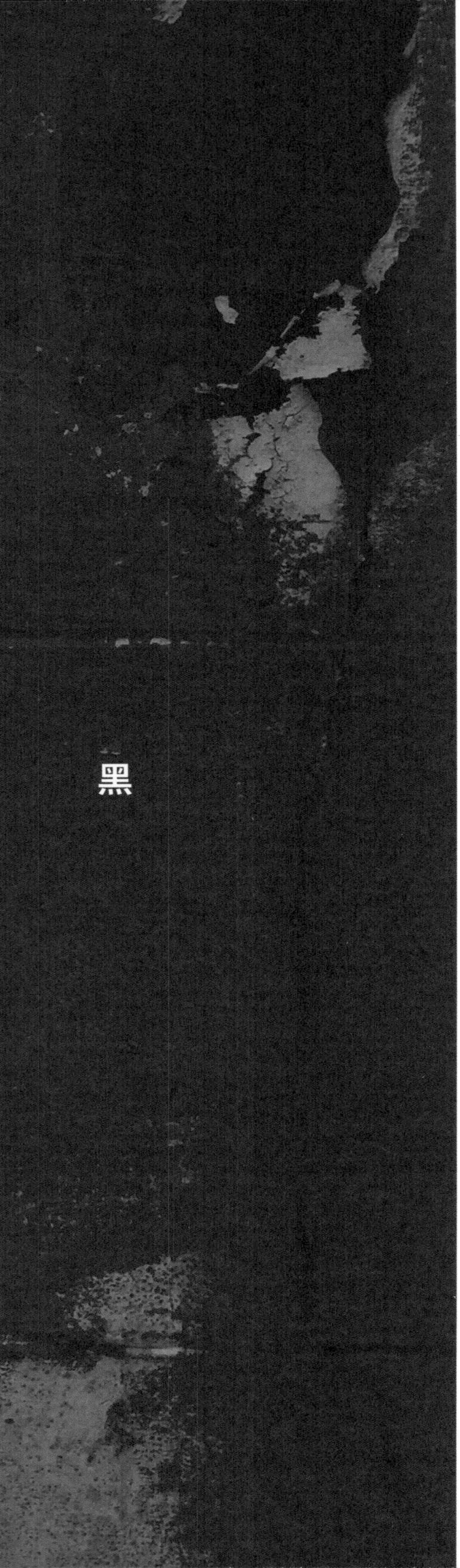

黑

我是黑幫，與墨爲歡。
朝夕寫詩，黑夜在旁。
涵詠黑潮，帶動新調。
時而吟哦，嗟乎放歌。
黑色社會，盜亦有道。
取法古意，經緯四端。
黑中有白，筆墨傳芳。
書法世界，黑白共存。

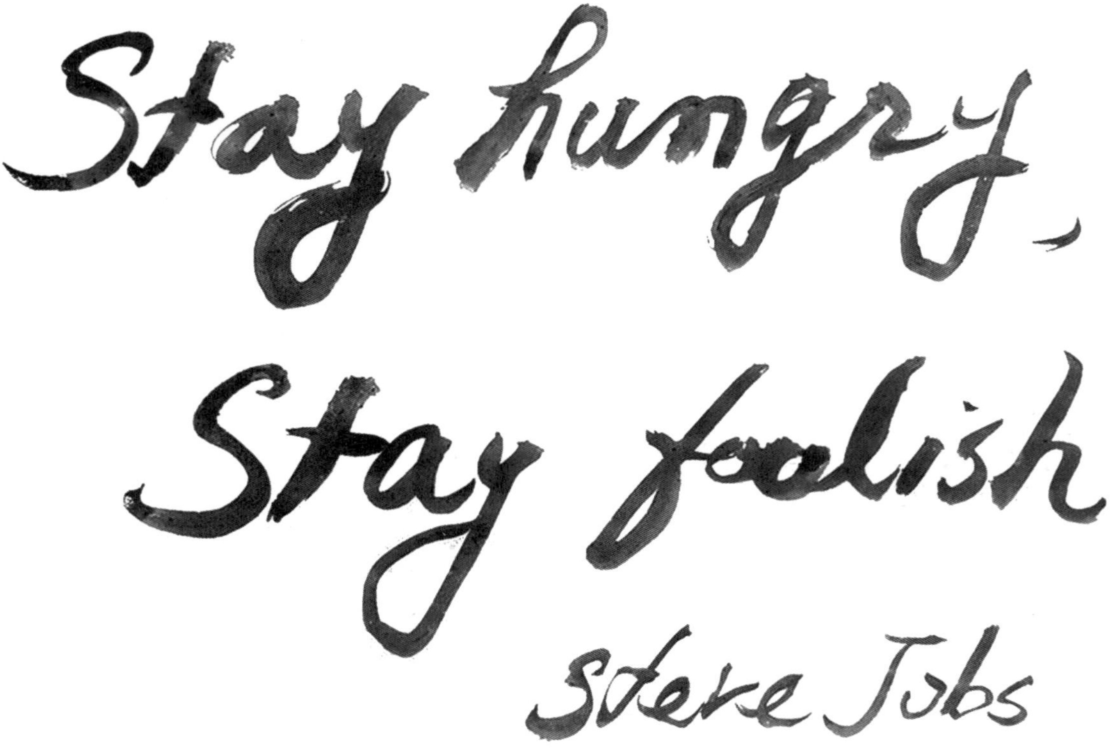
Stay hungry,
Stay foolish
Steve Jobs

書法學習的體悟

如果有一天，我出了一本書，名叫：《教你孩子在三個月內成爲王羲之》，請不要買。因爲那是利慾熏心、極端功利、無知無德的爛書。

機器人手臂，經由參數的設定，可以量產書法；但它沒有七情六慾的修練過程，只能表演書法，無法教育與呈現書法人，經由生命中的成長，而顯露出來的眞善美。

坊間有一些書法老師，標榜短期學習，讓小孩在書法比賽獲獎，深獲一群家長盲目的愛戴，實在是要自省啊！

毛筆因有羊、狼、兼毫，長鋒與短鋒之別，有不同筆性。因材質不同，運筆方法的不同，而有其書寫上的特色。

同理可證，初次遇到的人，也要花一段時間相處，才知其個性。人的腦手筆紙與墨，若能彼此搭配，好的書法總會產生。

書法是人生哲理的綜合學習，不單單是寫字。

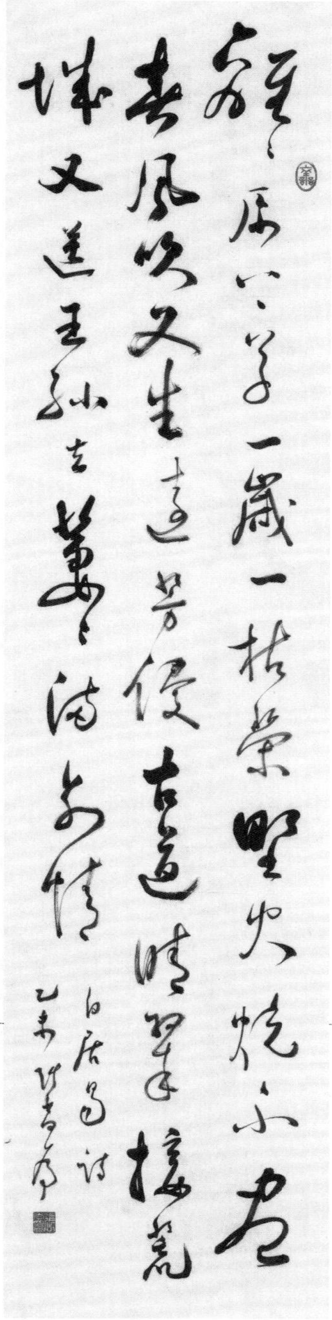

東林寺面山
人多爲歸路
老去相逢處接
小以清涛夜
松之間高坐夜

如夢令

納蘭性德

正是轆轤金井，滿砌落花紅冷。
驀地一相逢，心事眼波難定。
誰省？誰省？從此簟紋燈影。

張尚爲

正是案頭漆篋滿，迎桐雪飄亂。
窅然一長嘆，初夏心湖猶寒。
誰喚？誰喚？儘付墨烟紙散。

「窅」，音「咬」，悵然若失的樣子。

碎碎念書法

許多的男人在新婚時，對老婆的叮嚀感到窩心；但時日一久，老婆的叮嚀就成了她的自我呢喃（單向輸出），男人聽而未見。老婆出招，經由碎碎念（頻率加乘）來個政令宣導，這種由叮嚀到呢喃、從嘀咕到碎碎念的過程，猶如寫書法的鍛鍊。

理由何在？

從楷書的端莊、溫柔、仔細叮嚀，到行書的呢喃帶中有游絲若現、欲罷不能的顫音，從嘀咕而轉成碎碎念的高頻提醒（如『老公快去洗澡，我要洗衣服了』），這就有如行草、草書般的聲聲催促；從字的行走情緒中，與老婆的愛心叫喚，成了妙不可言的類比；而書法中狂草的產生，更可視爲妻子咆哮的生命之美，有力道、有氣勢，與那情不自禁的歇斯底里。

書法的構成，有書寫者情緒的孕育鋪陳，也有愛的衍生軌跡。不論是咆哮或是叮嚀，我總是期盼，新婚時的枕邊細語能再重現。

楷猶珠粒布算
行楷碎花布裙
行如浮雲水流
草則亂石奔雲
狂草驚濤駭浪
甲骨出土遺骸
金文斑剝銅雕
小篆金柳玉筋
——陳冠宏

「楷猶珠粒布算……」是友人陳冠宏的見解，也算是「碎碎念書法」的另一種詮釋，特別摘錄與讀者分享。

南陽白水出漢碑
一妻二張石傾毀
諸葛夢外臥龍崗
治國承志輔君偉

立廟襃成
侯四時來

漢碑

漢中地區居然看到台灣三毛櫸。黃葉翻轉，如書法中的筆墨跌宕。

書法便當

書法如便當

「便當」這兩個字是日本用語，所以是我們的外來語；中國稱「盒飯」，香港稱「飯盒」；但無論稱呼有啥不同，其涵義是方便的盒飯，我們每人都會接觸到。

最喜歡的是台鐵的滷排骨便當、池上便當、以及母親生前爲我準備的國中便當。國小時還有擔任值日生去蒸便當的差事，而這些日子，都是你我的共同回憶。於今，便當猶存，但書法的教育幾乎已要喪失，原因是台灣的教育早把書法之重要性剔除，寶貴的青春，就糊里糊塗地被「英數理化」等學科所佔據。

這二十年來，國力日漸喪失，許多人歸咎於台灣政治的惡鬥，但教育上輕乎書法的後果是—培養出冷血、暴怒的公民。這些爲數不少的人，正以其自以爲是的力量，摧毀良善的道德體系。

飆車、超車之猛烈，路上吵、打、搶的事件屢見不鮮，是國家面臨救亡圖存的時刻了。我們政府與民間，若能接近書法，視其如便當一樣的便利親民，一定能在精神層面產生飽足感，進而把良善誠正的社會風氣建立。

在瓦解與無助中，找出一個拯救人心的方案—那就是把書法好好推行。

禁臠

荷是夏的禁臠
梅是冬的禁臠
蘭亭序是唐太宗的禁臠
我的字是忘了上鎖的禁臠
在網路世界　任您隨想隨取
將我字下載放於螢幕桌面
那書法便成了您專有的視覺
勵志的　舒心的文句
就成爲數位化的禁臠

相傳在東晉時，經濟貧困，晉元帝渡江到南京（當時都名是建業），其隨從每每得到一頭豬，便以味道最美的「項下一臠」，稱呼為「禁臠」，用來孝敬皇帝。「禁臠」，可以說是最美的肉，是皇帝專享的。

逆心

人剛出生，心是空的，經由一路的教育與學習過程，心靈也就愈加成熟，但卻也同時，因世俗化，喪失了初心。

以我所觀察，在書法的初學階段，總在顏、柳、歐體的洗禮中慢自臨摹，直到年長，或許有了自己的書法風貌，或許還暫時沒有自我的身影，還是古人的風格，這都是可以接受的。

人總有惰性，一旦寫好楷書、行草或是隸書，便不容易再跨入另一個書體，而自我的舒適圈「comfort zone」，也是造成我們不易跨界學習的主因。

跨界的學習是把逆心、逆筆與逆性帶入書法的修練，可以讓自己在逆境中求一些刺激與變化。比方說，我擅長行草，就得練一下隸篆，因爲行雲流水慣了，來一點逆筆爲主的隸篆，會是很磨心的。

人能寫書法的歲月應有數十年，如光只寫同一種字體，實在是會有枯燥的感受。偶爾寫他種字體，爲心靈投入另一個小震撼彈，也是挑戰。

李白曾說：「夫天地者，萬物之逆旅；光陰者，百代之過客。」而蘇軾也有「人生如逆旅，我亦是行人。」的興嘆；逆境才有完人，逆心才有美鑽。

書法的旅程，正和你我的人生之旅一樣，順心與逆心，都要接受。逆境求生，要追求逆轉勝啊！

杯框中見窗櫺

平等雜
循春秋
經通高

墨

蒐集新創的書法，
與周遭人、事、物
所發生的小小插曲。

第三章

墨條七色
彩恢弘
月掛千年
日不同
趣味涵泳
與時進
國民書法
奮進中

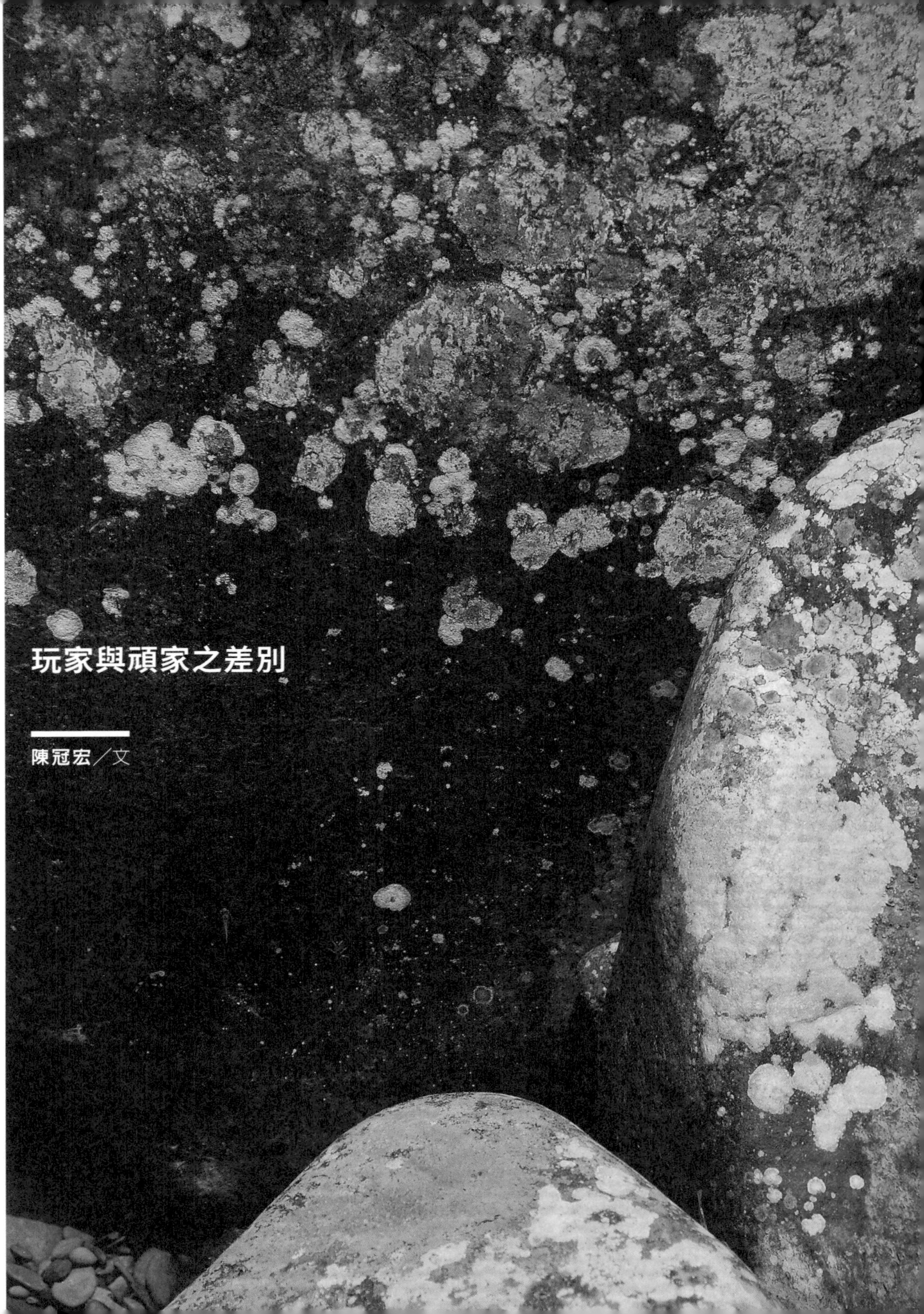

玩家與頑家之差別

陳冠宏／文

蝴蝶飛舞於花叢，玩也
孩童追逐於樹蔭，玩也
魚兒悠游於水中，玩也
鳥隻跳躍於枝頭，玩也
玩生出了樂
玩盡興在喜
玩心出自於散漫無的
玩味得自於投入自在
玩之再玩
樂此不疲
玩出心得
稱爲玩家

玩出韻律
玩到成隱
一玩再玩
玩到不悔
玩到倒
玩到老
玩至出神入化
玩入迷而不返
吾始稱爲頑家

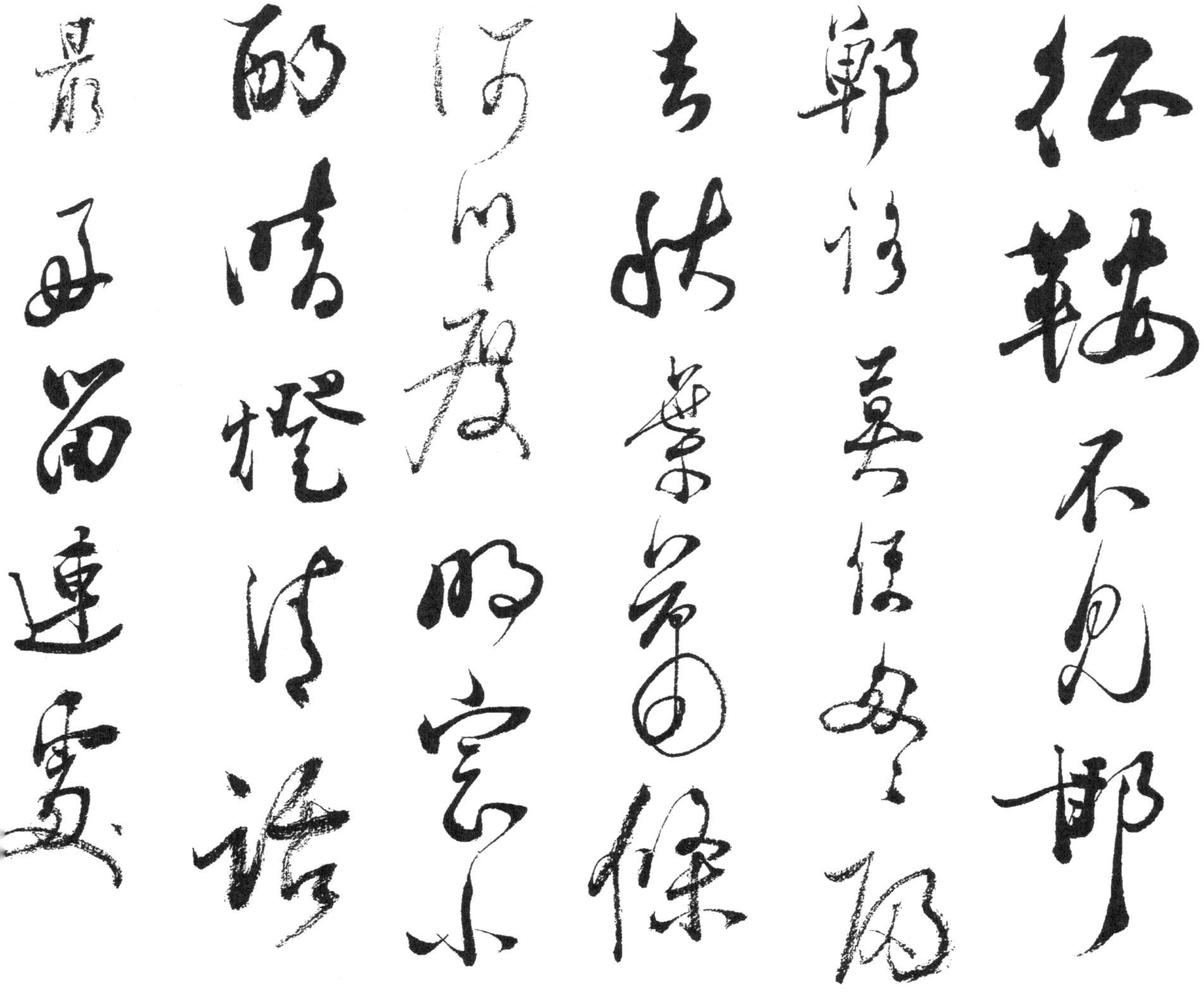

書法的純與美

太過深思的愛，並不純。

做一個 intuitive 的人，在決斷中，全力以赴，如蛾之撲火，不畏宿命，其推動力量是來自純粹的愛！

書法的世界存在著許多孤傲、自私、猜忌、盤算、與清黠。利害關係盤根交錯，讓書法這棵大樹飽受藤蔓環抱，無法眞正見到陽光。書法的演繹，唯有透過眞我的沉澱與析出，如蛹之生的樸實無華，才能展現筆墨的力道與作品的永恆。

瞧那一匹匹潔淨無瑕的綢緞，是春蠶經由無數次認眞呼吸，吐納日月精華所呈現的生命光華。好的書法，純眞耐看，富有正氣，神鬼不侵；筆墨與空間各有天地，悠然自得；這才是美麗的書法。

太過深思的愛，並不純。書法的世界，多一份純眞，更美。

鳴蟬

最近我對篆書產生興趣，但對那一絲不苟的書法線條有些想法。篆字的莊嚴性無庸置疑，國家的玉璽，歷史上皇帝、大官的官方用印皆採用篆字，可見篆字是屬於非常正式的書法字體。而我所寫的「嗚蟬」兩字卻不是這般莊嚴的篆書。

「嗚」字如一隻高唱歌曲的鵜鶘，而那「蟬」字更是有趣，「虫」字部如張口驚訝的人，而另一旁的「單」字，只見上頭的雙口如瞪大的雙眼，正在看這個滑稽的世界。

司馬遷曾在史記中加入「滑稽列傳」，主要是以小人物的行徑與口吻來改變君王僵化的思想。其中的三位小人物在司馬遷的心目中，反而能撼動君王的思想邏輯，進而改變君王決策。這種幽默智取的插曲，就被太史公活生生的寫成史冊上的華藻。篆書的新創，是一種發自內心自我風格的展現，令人看了，莞薾一笑，也算是異類的書法。

友人陳冠宏說：「嗚～鳥朝蟬說，您有完沒完的叫，吵死人也！」

「蟬～瞪眼嘴角向下憋，我忍了幾十年不叫，才從地底出來！」眞是傳神的比喻。

「清自鄧完白一出，見到漢碑方圓轉折的宏偉『碑額』，才領會到以隸入篆的。以隸入篆方圓互濟，一新逐趨軟纖靡弱的玉筋斆篆，但也宥限了篆體的自然發展，迨何紹基、吳大澂將金文大篆植入後，更有古文字學家章太炎及吳稚暉將篆字規矩的形式中解放出來！」

「尙為兄只要把漢隸用筆弄通，即可學學何紹基、章太炎篆，何以必學似皖派小篆呢！」

冠宏兄的見解獨到，特摘錄之。

荷花枯梗鋪陳出一張畢卡索風格的倒影。

北屯崇德馬路間
別墅門前仙丹剪
菟絲纏樹花哭臉
陽光雨露怒無眠
拔除菟絲磨成粉
送給唐吏張旭煎
肚痛帖換名千年
菟絲治瀉還賣錢

張旭與菟絲花

上圖：張旭的「肚痛帖」

一早開車經過台中市北屯區的崇德五路，見到住宅區綠意盎然，別墅旁有整齊的仙丹花樹叢，紅色的花搭上綠色的葉，很美。可惜的是菟絲花的藤蔓就死纏著仙丹花叢，阻擋了陽光與露水的滋養，這種宿生的奇特現象，讓我想到菟綠花的另一項藥用功能—止瀉！這種植物的藥性不就可以為唐朝名書法家張旭治療其肚痛吧？我們知道張旭當年，正是因為肚痛而寫出流傳千古的名作「肚痛帖」，那流暢的筆觸與線條，可不是在閒情氣定中產生，而是急促中揮筆所顯現的美感，是身心靈交相煎熬的傑作。於是，我寫了打油詩，描述今晨所見所感。

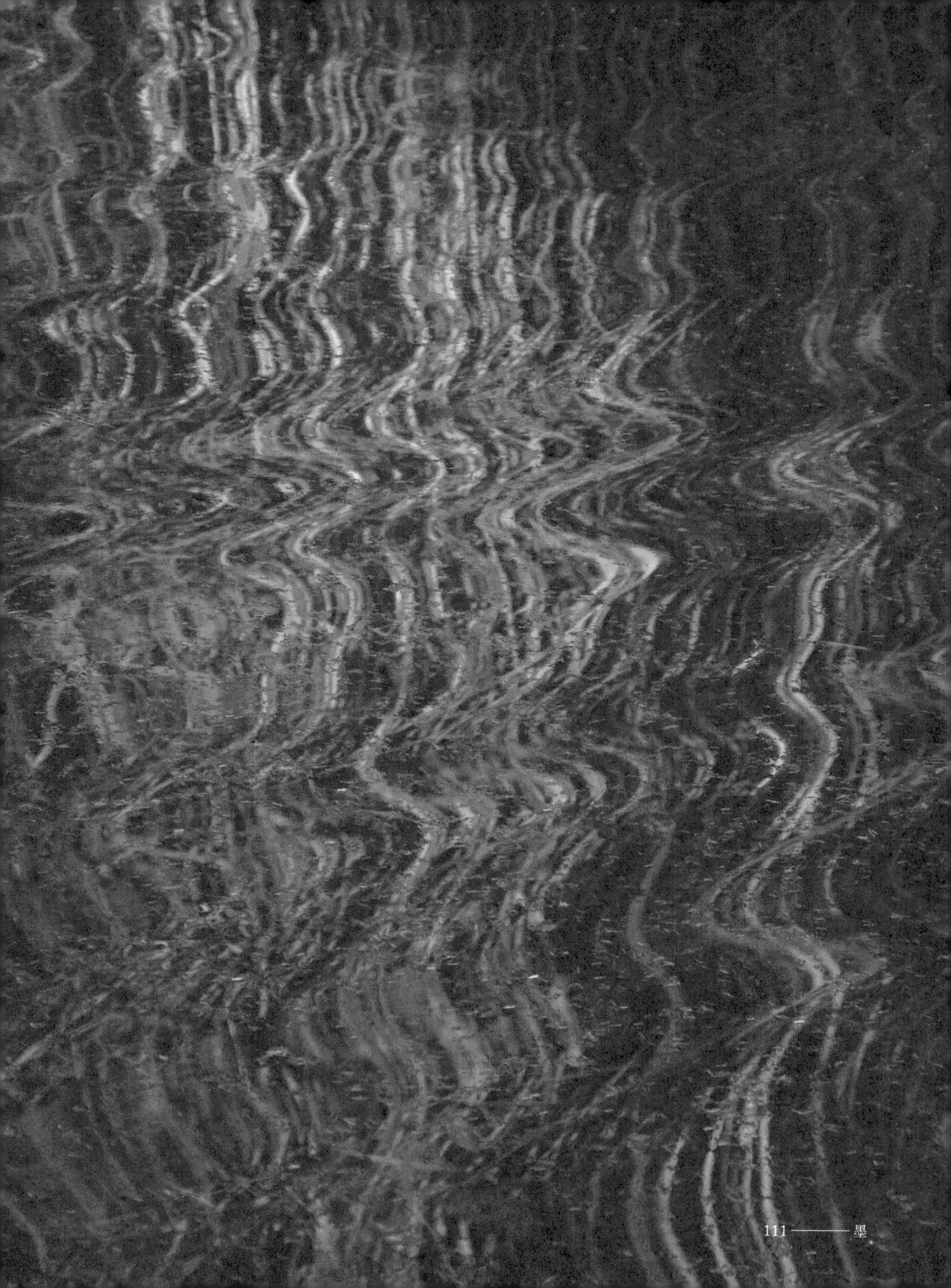

一早見你醒來
把我帶上
展開忙碌的生活
帶著我　你開車的路更清楚
透過我　你看電腦的螢幕更清明
但我知道　你我
終將要分離
三日之後　你將有新的伴侶
她比我　更有能力照顧你

分手前夕

目前的你
雙眼 充滿血絲
眼睫毛 微微下垂
雙瞳 無神
儼如 剛才睡醒的鴕鳥
呆滯 魂飛 渾沌 無語
原本的睿智光芒 也暫時消失
度數不對 這是原因
讓我 不得不 與你分離

本文寫的是眼鏡對主人依依不捨的道別

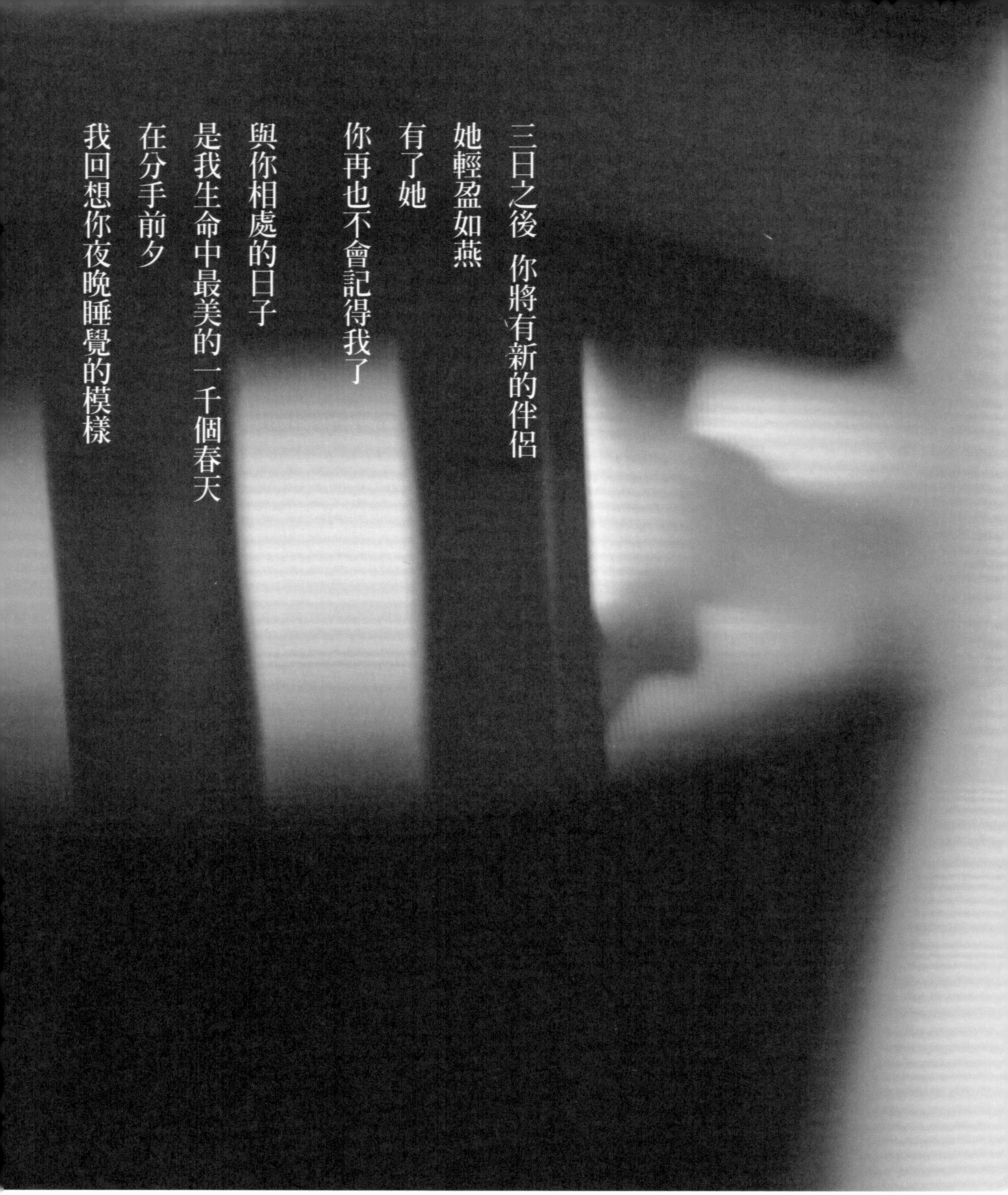

三日之後　你將有新的伴侶
她輕盈如燕
有了她
你再也不會記得我了

與你相處的日子
是我生命中最美的一千個春天
在分手前夕
我回想你夜晚睡覺的模樣

我在桌面　靜靜無聲
從遠方默默地望著你
靜靜地　等你黎明醒來
帶著我
再逛書局

今晚　我悲從中來
也許　和你
一起　對發票
是我最後
能陪你做的事了

書法可有性別

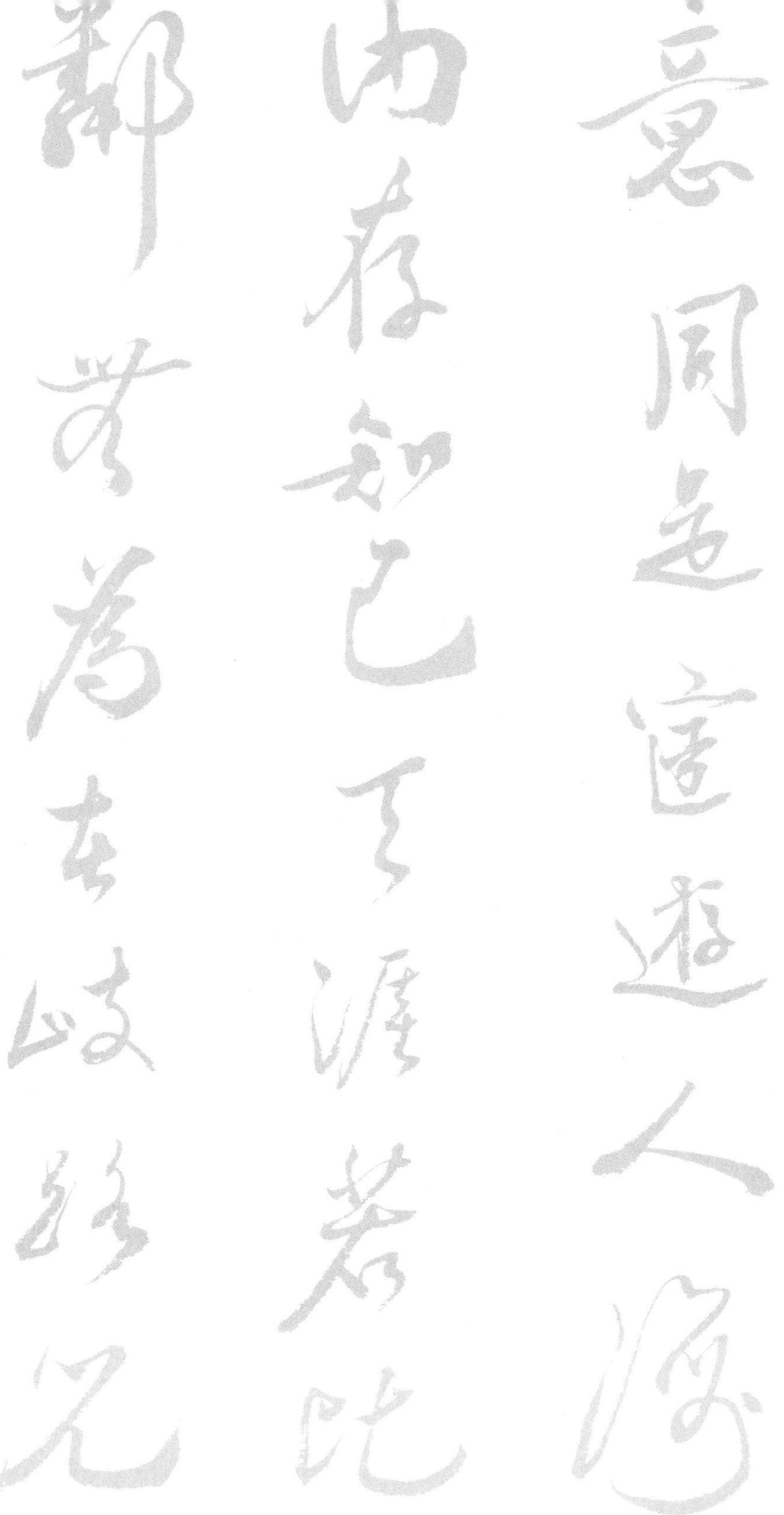

書法可有性別
跨性別也是書法一味
書法有男味
也可有女媚
中性也有其美
少了分別心
男女或是其他　都是自我況味

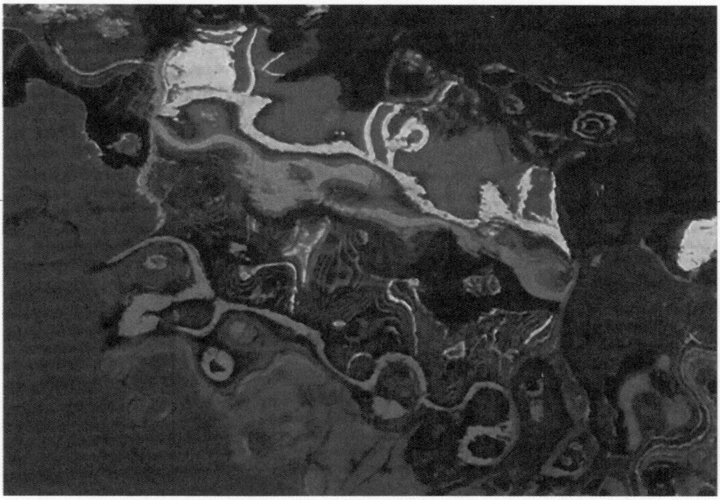

愛是一種病

愛是一種病
不愛是解藥
寫字是一種病
不寫是解藥
專注是一種病
不專是解藥

藥到病除人消瘦
與病相遇少憂愁
愛 是 病
寫字也是

愛讓人生的馬達不停輪轉
無分日夜
對所愛的人與事專注一生
何必謙讓

自由誠可貴
愛情價更高
若為書法故
三者皆拋也

囫圇

四個框，中間的空間，
是古人的行字。
我們總在糊塗中，
掙脫不了自己所涉的牢籠。

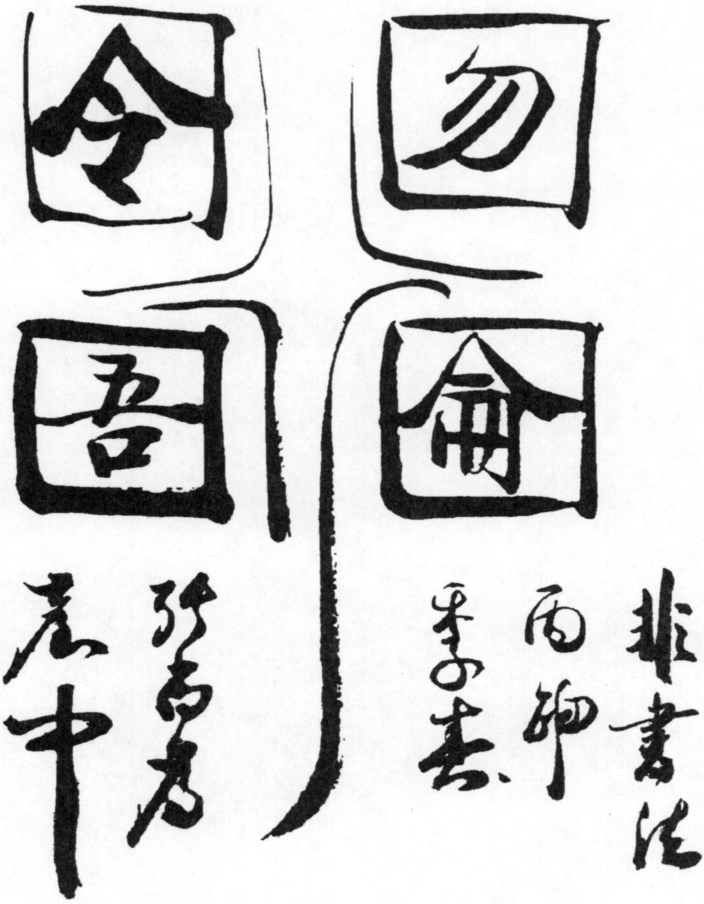

風沙・黃花

筆是永不妥協的風沙
紙是無垠荒漠的嗩吶
墨是銅缽紅豆的倩影
硯是相思穿織的袈裟

書法是什麼

是　永不凋謝的黃花

內蒙巴丹吉林沙漠

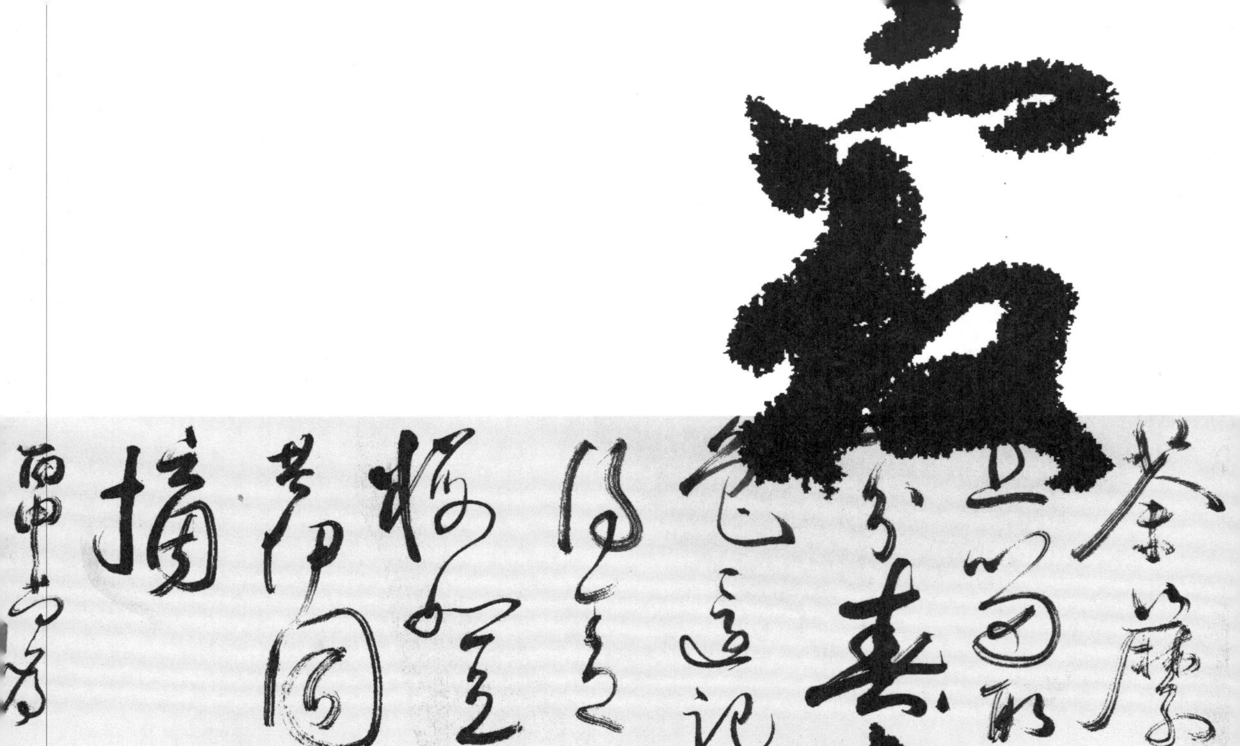

拍賣寂寞

你寂寞　我寂寞
爲何我要買你的寂寞
拍賣還有底價
不怕流標嗎

來競標的是　遠方的星
只有它知我
我比孤星還寂寞
競標不用金錢
而是低溫的藍光
標品正是寂寞
拍賣掉這多餘且惱人的寂寞
我只剩一個無靈魂的皮囊

溫柔之必要
拿筆寫字
與古人交往
與瘂弦學習之必要
放鬆之必要
研讀字帖
結字與佈局
與朱砂相遇之必要

輕重之必要
粗細線條
樸拙與靈動
守舊與創新之必要
懷素問候張旭之必要
杜甫悼念李白之必要
千載人煙沙漏猶見物換星移
紙筆墨硯建醮啓動護國大計

筆墨建醮

溫柔之心要
含筆寫字之必要
如古人交往之必
要與詩人瘂弦
學習之必要

洪荒之力

中國游泳女將傅園慧參加二〇一六年巴西奧運，說出了「我已用盡了洪荒之力了」這句話，在全球爆紅，並抱得奧運銅牌。中、外記者無不使出渾身解數，把千字文中的「天地玄黃、宇宙洪荒」這古老的語彙重新消化，變爲現代語言，搬上運動新聞，搏得版面。

英語老師說「洪荒之力」是「史前的力量：Prehistorical Powers」、「核心力量：Core Power」，而我的解讀應是：用盡了「吸奶之力：Suckle Power」。因爲人自初生即需依賴母親的哺乳，方能得到足夠的養分、水分與抗體。嬰兒的努力吸允，一定是盡全力來完成此攸關生存的關鍵性動作。所以說「洪荒」是指人類本始、初始的世紀，「洪荒之力」也就是即人類誕生即有的原始蠻力。

寫書法也需要力量，但或許是平常「洪荒之力」的十分之一即可，因爲書法的奧運，並非在四年一次，也無法在一時的比武來論定成敗啊！

魯蛇也是人生功課。

「虐」來自四面八方
也來自心中
坦然面對該來的一切
走過無悔的一生

虐

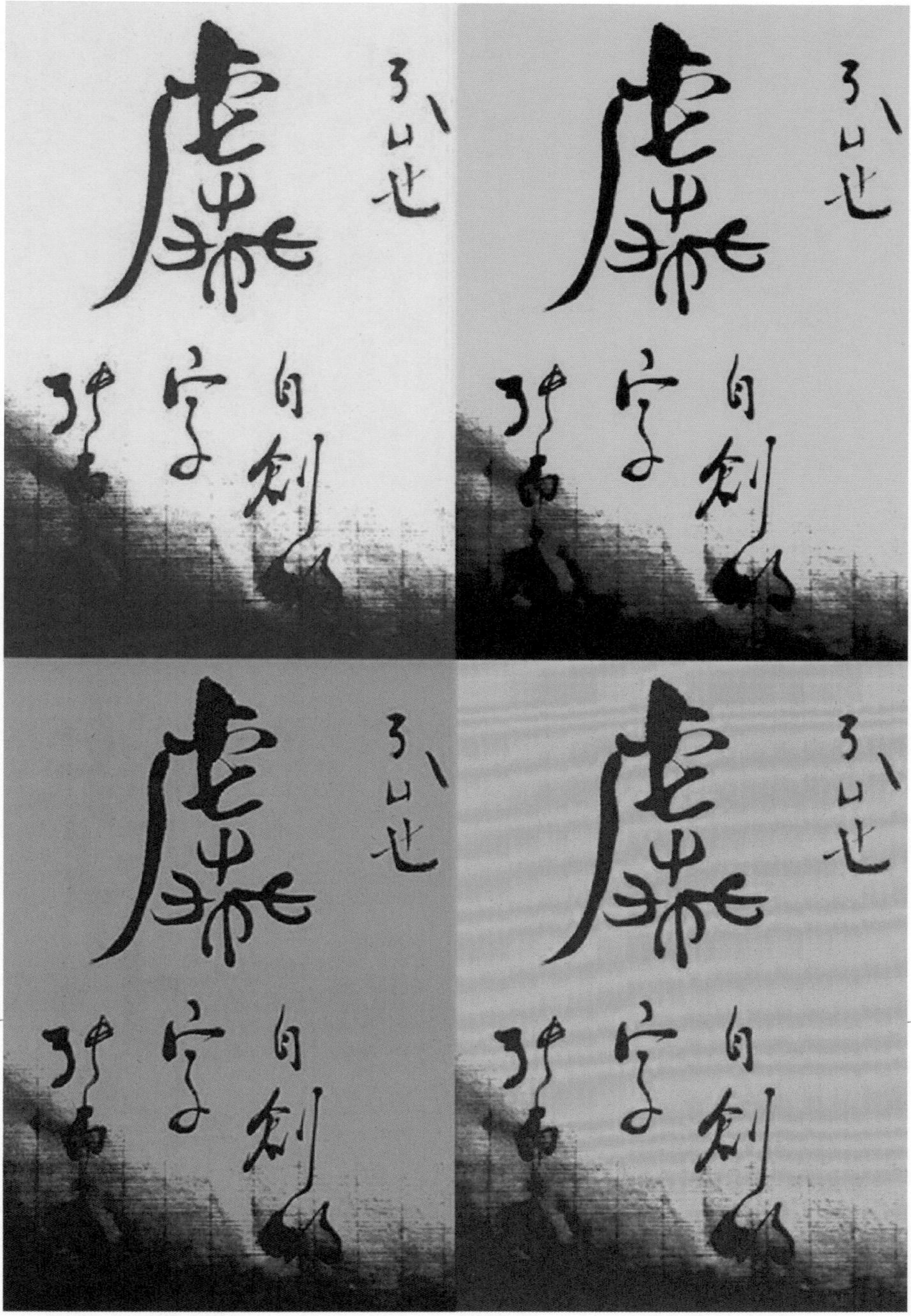

無聊時，自創文字。

時我予

書法・療癒・愛
我所認識的張尚為先生

蔣天民／文

二〇一六年十一月二十六日的下午，我帶著十分特別的心情前往板橋江子翠圖書館參與這場演講會。先前曾多次參加先生所舉辦的活動都是以參觀者或聽衆的身份前往，而這次卻獲邀以演出者的身份於開場與中場彈奏串場音樂，雖說二十年前曾是音樂人的我，如今已不碰琴多年，也不免有些緊張與生澀，因此特別找了另一位友人李鵬飛先生共同擔綱演出，來爲這場演講助興。

我所認識的先生不僅僅是書法家，他也是科技精英，是對於推廣書法不遺餘力且具有使命感的老師，並且是一位樂於提攜後進的前輩，我以晚生自居而先生卻待我如至友。就是這麼如此平易近人，在這場演講忠實地呈現，在後檯等待中場演出的我一邊聆聽著演講內容，並沒有二王的瀟灑俊逸，也不談蘇黃米蔡的登峰造極，不闡述那浩翰有如江海的書法史，更不去解析一筆一畫之間的起提轉折如何運作。

您可能會問，若不談這些，那這場關於書法的演講要講些什麼？畢竟我們曾經聆聽過關於書法的演講不外乎這些範疇，難到它還能有些什麼不一樣？沒錯，就如同先生待人一樣平易近人，如何藉由書法融入人生，使生活中有了愛，有了喜悅，有了光明的希望，甚至有了忿忿不平的事，也能藉由書法來抒發情緒，而之後再來欣賞當時所創作出來的作品，都是無可替代的，令人神會心契、涵泳其中。

先生家學淵源，自幼即深入書法殿堂並博覽群籍，已入書法家之林的他並沒有一絲恃才傲物的氣息，擁有廣博的知識卻願意成爲一位書法啓蒙者的角色，理由非常簡單，在今日3C產品當道的世界，人們要提起筆來寫字的機會愈來愈少，更不用說提起毛筆來寫字了，因而書法對於多數的人們來說其實有些遙不可及，若再不將書法融入生活做爲引入點，而去講述深奧的理論與技法，只怕更讓社會大衆望之卻步了，如此又如何能讓書法深植人心呢？

第四章

屠夫橋旁
鎖上鉤
千呼萬喚
愛心頭
細水滑硯
常感念
情意絲長
志趣投

澎湖行腳——
鳥嶼的日光

鳥嶼的日光　是新的　還是舊的
鳥嶼的花香　是新的　還是舊的
鳥嶼的阿芬　是新的　還是舊的
鳥嶼的文瑞　是新的　還是舊的

那　南洋杉和樫柳　依偎路旁
炸棗和仙人掌冰　黏膩微酸
小卷柔軟香甜
大蝦豪氣新鮮

鳥嶼的日光與媽宮的日光　還是一樣
鳥嶼的花香與媽宮的花香　還是一樣
鳥嶼的阿芬與媽宮的阿芬　還是一樣
鳥嶼的文瑞與媽宮的文瑞　還是一樣

風茹草　天人菊　那時依舊

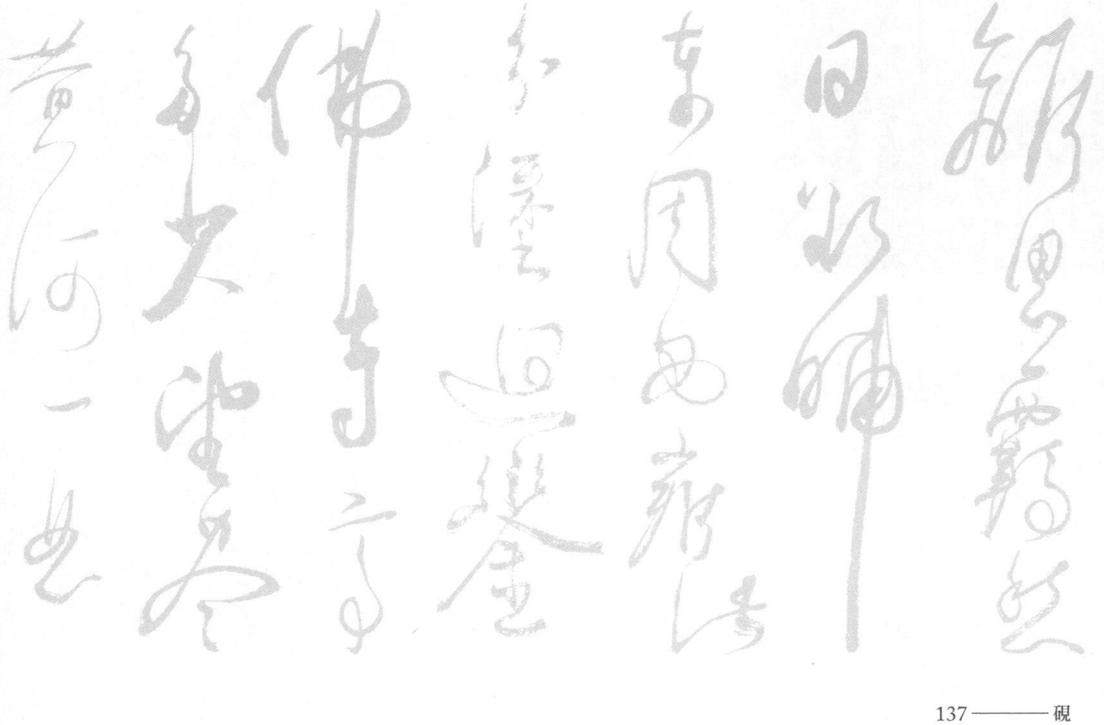

澎湖行腳——最美麗沙灘

每年法國總在全球各地找尋「最美麗沙灘」，經過專業的評估，找出最有特色、適合人去的美麗沙灘。二〇一八年，澎湖的蒔裡沙灘即可能被選中，躍上世界舞台，這是我們國人的光榮與驕傲。

然而在這沙灘的另一端，卻矗立著一個淒美的石碑，記錄著一場戰役。沒有紀錄的，還有一段愛情。

一八八五年二月，法軍以五艘船艦，在孤拔（Courbet）將軍的率領下，從蒔裡上岸，攻佔澎湖。當時是清朝光緒年間，中日法三國，因利益產生戰爭。

孤拔將軍因瘧疾，在四個月後病死馬公，一千名軍隊士兵撤回法軍。當時副將馬賽，已認識島上少女「紫鳶」，但無法再相廝守、結爲連理，遂於告別前夕寫下這首詩。

我將再回來　我將再回來
與妳共走島嶼　共踏嵵裡沙灘
見那日出　還有美麗夕陽
等我回來　等我回來
我將娶妳爲妻　永世定居菊島
孤拔瘧疾而過往　法軍必將撤退
然我心已有所屬　眞愛就在澎湖
我將再回來　我將再回來
與妳執手　與妳厮守
等我　等我再回來

——馬賽 1885/6/10

攝影：黃長榮

詞曲：張尚為
潤曲：蔣天民

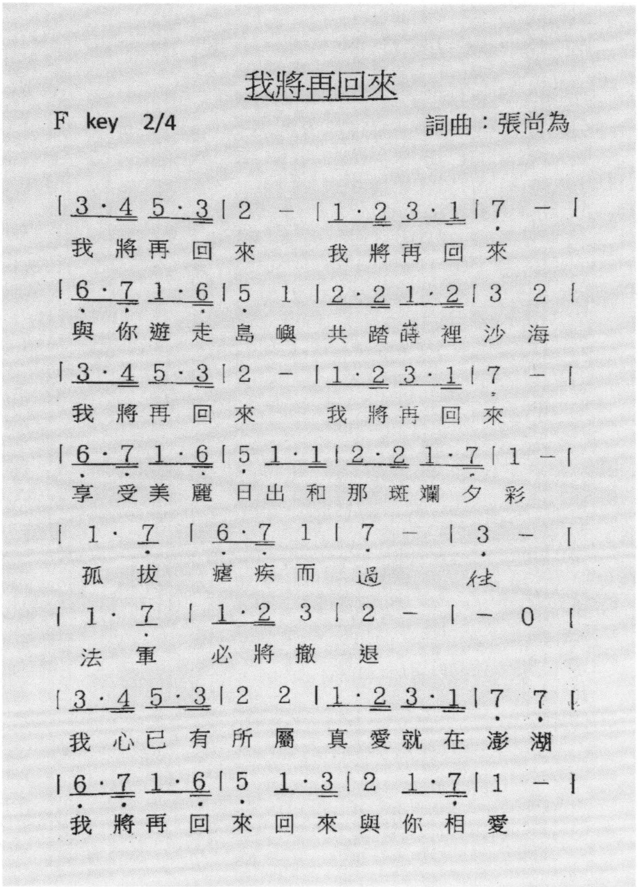
我將再回來
F key 2/4
詞曲：張尚為
我將再回來　我將再回來
與你遊走島嶼　共踏蒔裡沙海
我將再回來　我將再回來
享受美麗日出和那斑斕夕彩
孤拔　瘧疾而過往
法軍　必將撤退
我心已有所屬　真愛就在澎湖
我將再回來回來與你相愛

一百三十二年後，法國的青年馬賽娶了台灣基隆的女子，將會定居蒔裡，成為澎湖居民，他們育有一女今年六歲。澎湖現在有三十位法國人定居呢！

わたしは再び　って　ます
わたしは再び　って　ます
あなたと一緒に鳥島を散策し
ともに蒔裡ビーチを踏みます
日の出を眺めたり
なお、麗しい夕　けを
　って　る私を待ってくれや
って　る私を待ってくれや
私の妻にせよ
永遠に菊島に定住します
クールベはマラリアを去ってい
った
フランス軍隊は撤回に必須
然るにわが心には属すものがあり
真実の　が澎湖にあり
わたしは再び　って　ます
わたしは再び　って　ます
あなたと手をつないて
あなたと一緒にいよ
待ってくれたまえ
待ってくれたまえ

日文翻譯：丁明泉

澎湖行腳——黃鶯與小雲雀

一隻黃鶯自台灣飛到澎湖，牠來觀察未來自己退休的處所。原本牠的巢是築在台北國家音樂廳的脊樑上，於是牠想找個知名景點，正確的說，應是把巢築在澎湖的四百年大榕樹梢，才夠大器。

牠漫不經心地走著走著，看見一群小雲雀把巢築在地上，「這樣難道安全嗎？不怕蛇鼠入侵嗎？」經過許多驗證，原來澎湖的安全是可以確保的。聽說有人掉了一輛摩托車，奸賊馬上就被逮到；如此一來，黃鶯先生眞的可以無憂地在此過著悠閒的退休日子了。

一瞬間，美妙的唱聲進入了耳朵，牠趁著小雲雀練唱時偷偷接近，聆聽牠們的歌唱實力，「Oh My God!」牠們居然唱出了高難度的十二部合音。那美聲交疊，豈是天籟可以比擬的！黃鶯先生百思不解，於是連晚上都偷窺這群小雲雀休憩安眠前的一切舉措。

牠驚奇的發現，這些小雲雀正平躺在民宿三樓屋頂，與星星聊天。這裡無分裂的歌喉、無分裂的政黨、無分裂的人間，於是黃鶯先生決定長住這邊。

曾隨織女渡
天河記得
雲間第一歌

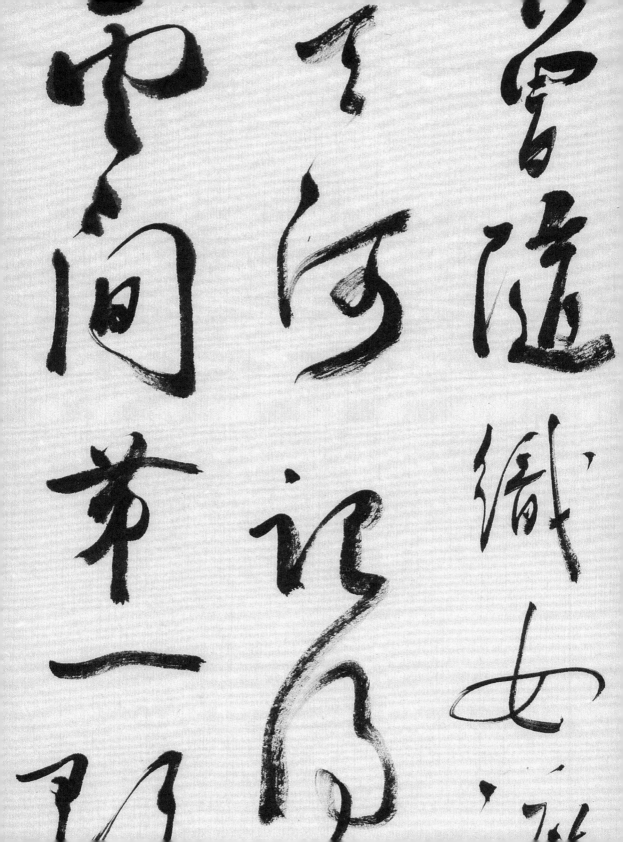

澎湖行腳——沉默的蘇東坡

竹杖　芒鞋　青衫
平湖　輕履　白灣
迎風聽見風櫃濤聲
蘇東坡　沉默了

再多的新舊黨爭
也抵不過　赤崁的潮起潮落
上朝之時　也正是退朝伊始
得意之際　暗箭齊動

願 駐足 潮間帶上 享那一抹清風
願 聆賞 㖟裡雲雀 交疊輕脆聲揚

眉山 黃州 海南
方山 虎井 望安

仰望高聳奎壁玄武
蘇東坡 沉默了

再多的雄辯滔滔
也抵不過 通樑古榕林蔭的驕傲
蘇堤斜柳 菊島橫合
千年赤壁 終究頹圮
嬋娟眞情 詩書不朽
雙心石滬 星宿永恆

澎湖雙心石滬

澎湖行腳——青杉檉柳

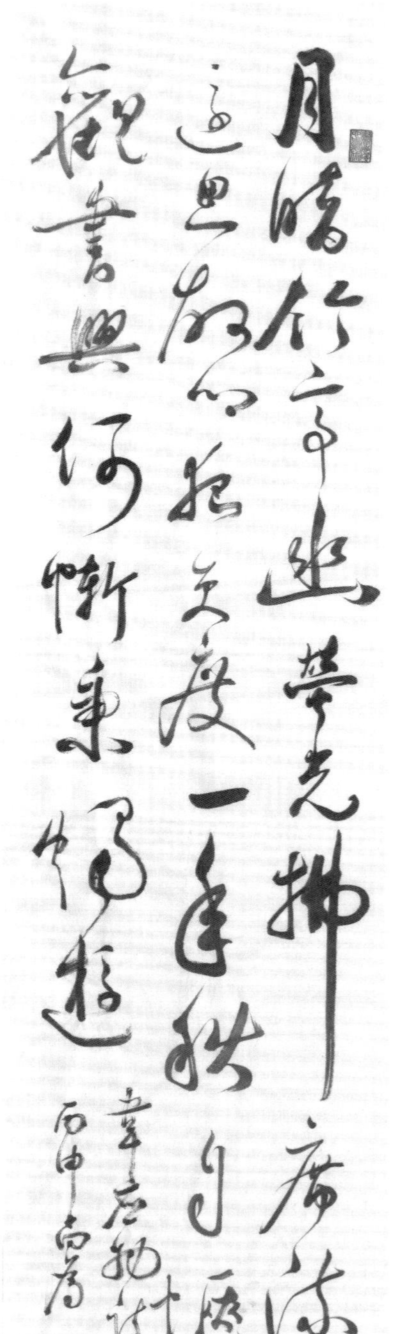

一株青杉一樫柳
琴瑟相依燕來逑
風大並非無情弄
只因地廣人不留

一株青杉一樫柳
炸棗串接婚與友
凝灰流紋鹼土性
儉樸慢活會長久

高雄的秘境——
那瑪夏

二十歲的少年郎
找到職場的希望
棄電子而從文工
一路走來 用心都好
設計工學 一本初衷
心中沒忘
那神仙之地
還是那瑪夏鄉

P.S. 為康志嘉鄉之行
寫下他的心路

小林村再往北行，就進入那瑪夏，昔稱三民鄉，在群山峻嶺中藏著三個部落與三所小學（民族、民權與民生）。我的臉書友人就住在瑪雅學區，我倆未曾謀面，我算是初訪這個地方。這眞是一個世外桃源，那瑪夏是中央山脈的一部份，清溪穿越其間，海拔八百四十公尺，雲霧與山嵐總是悠閒地掛在天空上。清晨六點，空氣中都是檳榔花香，村婦已準備好早餐，消防隊員也在庭院中打掃，四月時的螢火蟲季已過，換來是樹蛙的爭鳴，好不熱鬧。

那瑪夏的風很奇特，冬暖夏涼，是一個無需冷氣的地方，白天太陽未出來時猶如秋冬，太陽微露後，氣溫也跟著上揚；中午與下午都有高溫，傍晚氣候變成涼爽，半夜還有冰涼之感，實在是印證當地人的說法，一天之中就能有四季的不同體感啊！

八八風災與後續一連串的颱風，暴雨引來天災，我們穿越了十九座鋼骨大橋才得以順利進入那瑪夏，而沿路所見盡是鬼斧神工的峭壁，令人發思古幽情，赤壁懷古之惆悵再度浮現。族人多爲布農，而「卡那卡那富」即是「人」的意思；由於先祖多環繞玉山而居，因此自認是玉山的子民，依山傍水而居。他們自給自足，梅、桃、李、薑等等之植栽，還有自釀的小米酒，都是生活收入的來源。

數百年前一個年輕的男子，在溪中遇到一隻大鱸鰻，眼見溪水被牠龐大身軀所阻，水位高漲，他急忙奔跑回到部落向長老報告。不久，年輕的他因驚訝過度而病故，族人因感念其英勇，就以他的名字「那瑪夏」爲地名，那年輕男子的靈魂就長佇山林之間，永遠庇佑族人的安全。瞧那藤苞山的氣勢，既磅礡又秀麗，如同顏眞卿的瀟灑墨跡；楠梓仙溪的幽邈純眞，恰似王羲之的行草，百看不膩。

我因「小林村」儲能專案而到高雄市衫林區，夜宿那瑪夏友人家。感謝友人的熱切款待，也慶幸自己見證了這一片好山好水。

後記：二十歲的康兄，參加山地服務團，在那瑪夏住過十天。就在此，他愛上書法與海報設計，自己雖是電子專科，畢業後，卻一頭栽進美工設計行業。一晃眼，已有三十年。

攝影：黃永仁

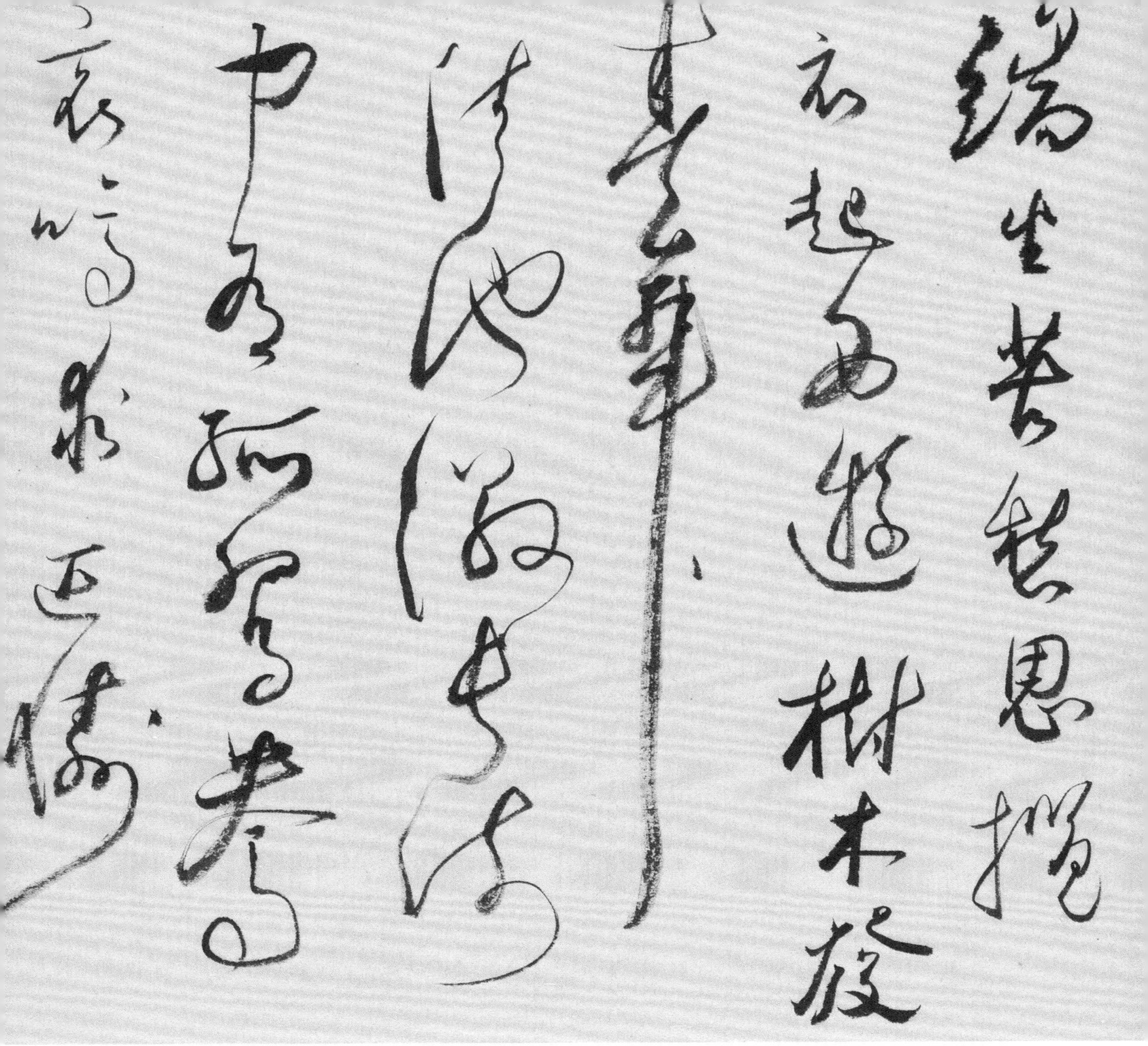

淡水楓樹湖賞木蓮花

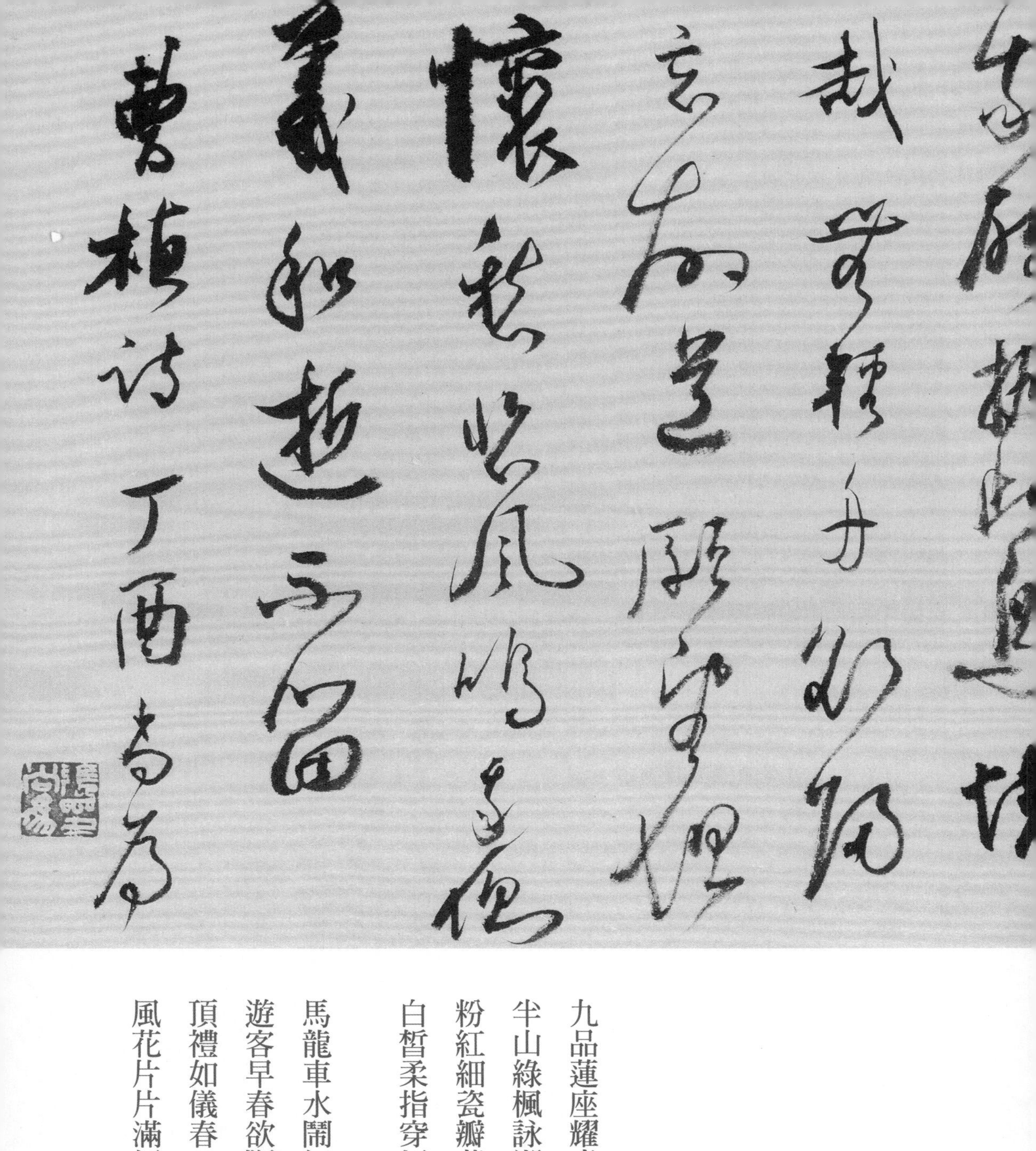

九品蓮座耀青陽
半山綠楓詠湖湘
粉紅細瓷瓣夢幻
白皙柔指穿垣牆

馬龍車水鬧紅塵
遊客早春欲斷魂
頂禮如儀春一岸
風花片片滿經文

鶴棲別墅

那一年 我才十二歲
無意間 走進了 鶴棲別墅
那是一棟 曾經風華
於今 年久失修的樓房
我沿著 暗暗的地板
小心翼翼的 爬上閣樓

隱約中　看到一位老翁　倚身在那　冬陽映照中
那是孤寂難耐的溫暖
伴著他的　是牆上一個　相框
裡面有一張張　裸女剪報
用以聊慰老兵　離鄉的心酸
老伯以四川鄉音問我
「你是啥名字」　「家住哪裡」
我與他　素不相識　但卻對他　一見如故
他勉我　勿死記課本中的　中國地理歷史
要多到處逛逛走走　關心鹿港家鄉的　人事時地物
那老伯後來成了漁會的總務人員
時光匆逝　轉眼　我已屆耳順之年
這麼多年來　沒再見過他　也再沒踏上　鶴棲別墅

「鶴棲別墅」原為彰化縣鹿港富豪王煌的故居，因年久失修，殘破不已。整修後，由彰化縣文化局規畫為工藝道場，於二〇一六年十二月正式對外開放。陳冠宏兄曾憶及自己年少往事，進入鶴棲別墅，我聽了頗為感慨，於是寫下此文，以為紀念。

少了翅膀的蜻蜓

那支筆　是喪失羽翼的蜻蜓
還好　牠懂得快轉　讓浮雲更加貼近
少了翅膀的蜻蜓　照樣靈活翻轉
如同免加汽油的直升飛機
自轉與攀爬　翻身與直落
來去自如　快慢得宜
紙　是一片藍天
拿尺去丈量天空的寬廣
太過
多餘

書法的行草 如蜻蜓的舞動

挼得高頭頭詩

吟活氣墨

衫袖雲中

人

筒笑墨

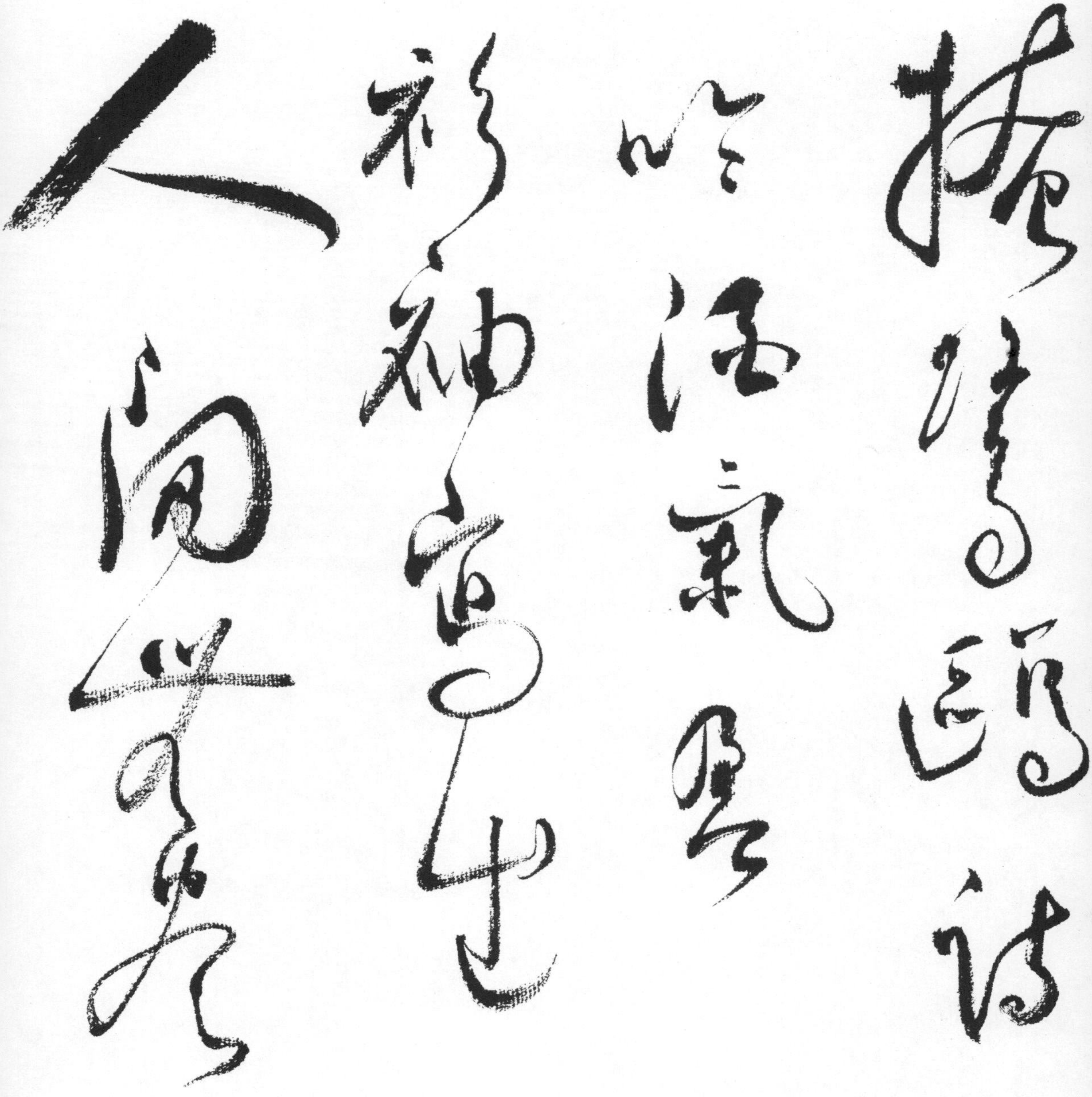

我只是一隻平凡的鶴

千年以前我是一隻平凡的鶴，主人張三養了我兩年，我因氣喘而病逝；主人對我懷念萬分，將我葬於江蘇省鎮江縣西麓的皮卡山下。

唐代書法家李四，以一百六十個字，撰寫「瘞鶴銘」，紀念我與主人的深厚情誼。

近人大木博士，在東瀛一夢，見我靈魂，遂下筆創作「皮卡丘」動漫，風靡全球；諸不知，我只是一隻平凡的鶴，主人的深情思念與書法家的雄渾大字，造就了歷史上重要的書法名碑，我很榮幸，也很感恩。

焦山的摩崖石刻早因雷擊，已斷成五片，落入江中，「瘞鶴銘」幾經漁夫打撈，現已修復。我的靈魂於今已化爲「寶可夢」，在山巔、海邊、在每個人的手機中活靈活現。

抓寶者豈知，我乃是一隻平凡的鶴；於今，化爲動漫神獸，尾巴帶電（是焦山摩崖石刻上的雷擊），那電的永恆存在，是我與主人千年不渝的眞愛啊！

瘞鶴銘，摩崖石刻。

談行草

陳冠宏／文

把字的行間變小，書法風貌，有些變化。長卷直短不易控制，所以書寫行草必須大小相間，以取得空間的收放，達到疏可走馬，密不透風的效果。

書寫行草猶如演奏交響樂，起式須強而有力（大而雄之字），然後音轉漸低，一如涓涓細流，時而迴轉而下，若斷崖瀑布，濤聲沸揚滾滾，飛濺一瀉千里，隨後再歸平復，順水流穩，萬里晴空，至後再掀高潮，軋然而止（休止符）！

故字之大小、墨之凝漲、乾溼濃淡，即書家內在情緒氣韻之體現。余以爲，當下的直接感受所出，方爲眞性情之表現，非預先構思或返覆演練所能達至，一生一篇佳作即大倖矣！東坡黃州寒食如此，右軍蘭亭修褉亦是也！

書法的味道

書法的味道
是黃金甜玉米的味道
看我飛白的筆勢
如細髮般的黍穗
輕盪中
帶有田野的遼闊與空靈的歌謠

書法的味道
是麥克雞塊迷人的味道
酥脆多汁
濃稠的琥珀色糖醋醬
隨墨濤厚實而張揚
氣味飽足
令人神形安康

書法也是一杯福田咖啡
感恩有清晨小販的起早
香郁中　味蕾與嗅覺相遇
我禱告
讓我珍愛的　一切都美好

胎動

胎動是最美麗的悸動
它來自微微震盪的子宮
是小龍熟睡後的輕鬆自轉
莫名的動感　難以形容

胎動是梔子花的芳蹤
傲然的肢體伸向浩瀚的天空
胎動帶動海潮的羽角商宮
濤波隱翳　潮汐一同

回想起第一次的胎動
宛若驚蟄初雷的時雨
甘霖與恩喜竄入淚中
是生命的延續與靈識的重逢

宜蘭永鎮公園海灘一景

櫻祭

畢業數十載
櫻祭呼朋來
風流遊冶處
薪鬢已煙埃

夏颱剛過四腳亭
暖暖溪漫水相吟
瑞亭國小初暗戀
人生過境如烟雲

路過瑞芳有感

攝影：Peter Kocák

手中少乃料將在軍
中傳書破萬卷何當學從
戎嘗通李輕車西征出大荒
何戈自學劍擐甲出崑崙
不如度者殘騎將延輕射功
十年祇一命萬里承飄筆

小船茶歌

小船茶房　歡迎上飲
就讓船東雷哥　帶您勇闖大江東去的歲月
遙想小喬當年　初嫁驚喜　奉上一杯東坡寒食凍頂烏龍
羽扇綸巾　風生水起　飲者勿忘赤壁俠情

小船繼續航進　來到安祿山兵變戰場
與顏眞卿　一齊憑弔熱血英雄
對空長嘆　孤星迷濛
那祭侄文稿的惆悵悲慟　盡在鐵觀音眼眸的深情

小船賣茶　有緣還會再續
輕酌者應記取　三月神遊　惠風和暢
曲水流觴　俯仰陳跡　人生似夢　薄酒厚情
蘭亭吟哦　品茗王羲之文山包種
茶韻無痕　唇齒留香

俠情、深情、厚情乃人生航程中的茶歌三韻。

第五章

心

以「心」來呈現自我心情的多樣性。
在書法的海洋中沈浮、吟詠之餘，
感念自己能寫出美妙的文字與線條，
實乃上蒼所恩賜

晨起寫字
聞雞鳴
硯紙筆毫
翰墨清
問君何苦
磨鐵杵
繡花針裡
萬般情

As a man who has devoted his whole life to the most clear headed science, to the study of matter, I can tell you as a result of my research about atoms this much: There is no matter as such. All matter originates and exists only by virtue of a force which brings the particles of an atom to vibration and holds this most minute solar system of the atom together. We must assume behind this force the existence of a conscious and intelligent mind. This mind is the matrix of all matter.

——**Max Planck**

普朗克的諾貝爾獎得獎感言

普朗克（Max Karl Ernst Ludwig Planck，一八五八年四月二十三日—一九四七年十月四日），是德國物理學家，量子力學的創始人，也是二十世紀最重要的物理學家之一。普朗克因發現能量量子而對物理學的發展做出了重要貢獻，並在一九一八年獲得諾貝爾物理學獎。普朗克的諾貝爾獎得獎感言是這麼說的：

> 作為一個將畢生獻給追尋科學真理的人，我可以告訴你們有關我在原子研究的心得：所有物質皆須憑藉一種力量的作用而產生存在，這使一個原子的粒子振動並一起維持，使整個太陽系的運行存在。我們必須設想：在這個力量的背後，有一意識和智慧的心靈存在。而這個心靈，就是所有物質的核。

我將「書法頑家」英譯為「The Holding Forces of Chinese Calligraphy」，也是以「善念爲衷」，推廣「書法之道」。我深信，人是宇宙中的一環，把書法的鍛鍊當作修行，可以更充實、寬廣我們的心靈。

曾經擔任柏林大學校長的普朗克。

Double Check

在台北市忠孝 Sogo 以北的地方，有一個讓心放鬆的天堂。它叫 Double Check。這邊有當代很潮的電子音樂團隊，以及有芹菜，橘皮，香蕉等味道的台灣啤酒。極具享受的燈光與音響，讓你的心釋放出都市叢林中的壓力。那一鳴驚人的書法，宛如醍醐灌頂，令人震撼驚醒。

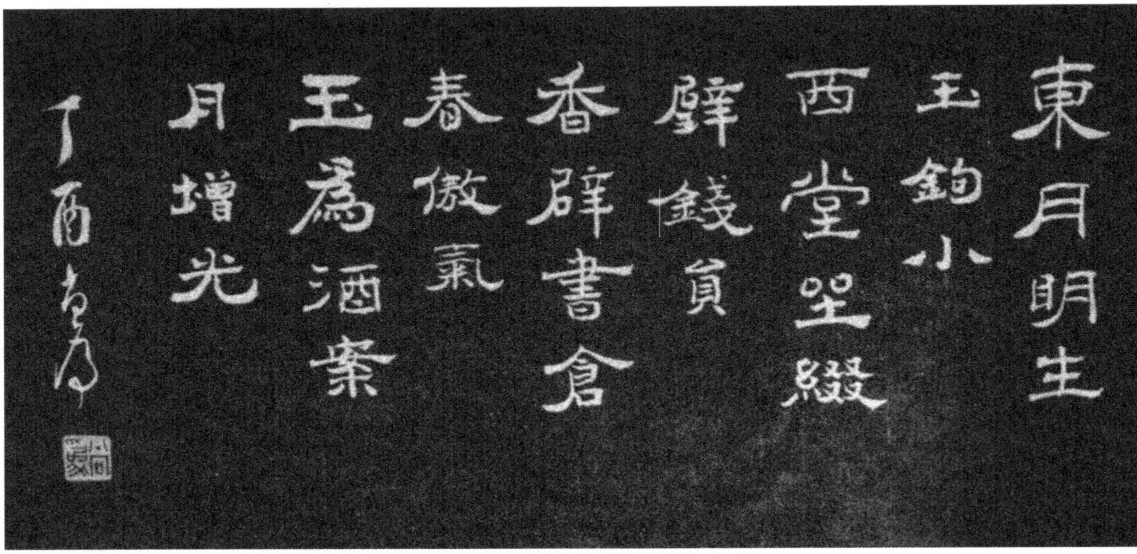

書法感嘆曲

郵差總按兩次鈴
書法總寫兩個字
哪兩個字
博愛
想那七十二烈士白骨深埋黃花崗
迄今　人們早忘了青年節有何典故

郵差總按兩次鈴
書法總寫兩個字
哪兩個字
愛情
想　林覺民的與妻訣別書
迄今　人們早忘了　卿卿如晤
郵差總按兩次鈴
書法總寫兩個字
哪兩個字
尋愛
想　書法與傳統文化的日漸式微
迄今　人們早忘了　執筆與執筷的驕傲

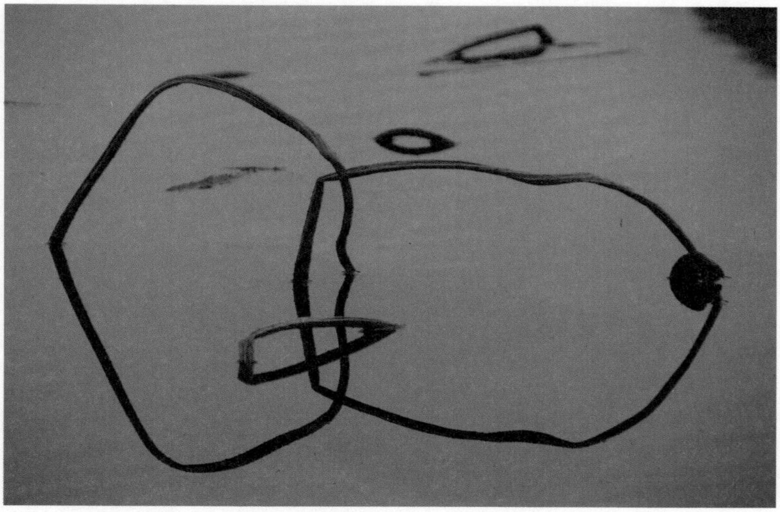

尋愛的枯梗是荷的最後溫存

人生五過

人生有五過，愛過、哭過、恨過、悔過、年輕過。
年輕時，生命是一首急速行進的軍歌，
誰有心境去體會過往的綜合百味？
但人過五十時，愛恨情愁已有心得與體悟，
自然知道春天將盡的況味。
所以，如果你還不能看清這人生五過，
正代表你依舊年輕，仍是執著在許多紅塵凡俗的事務。
愛過，哭過，恨過，悔過，年輕過。
心中有所羈絆，不一定是壞事。
沒了牽掛，也許是自己進入禪定了吧！

烏來最老的一棵無串子老樹。

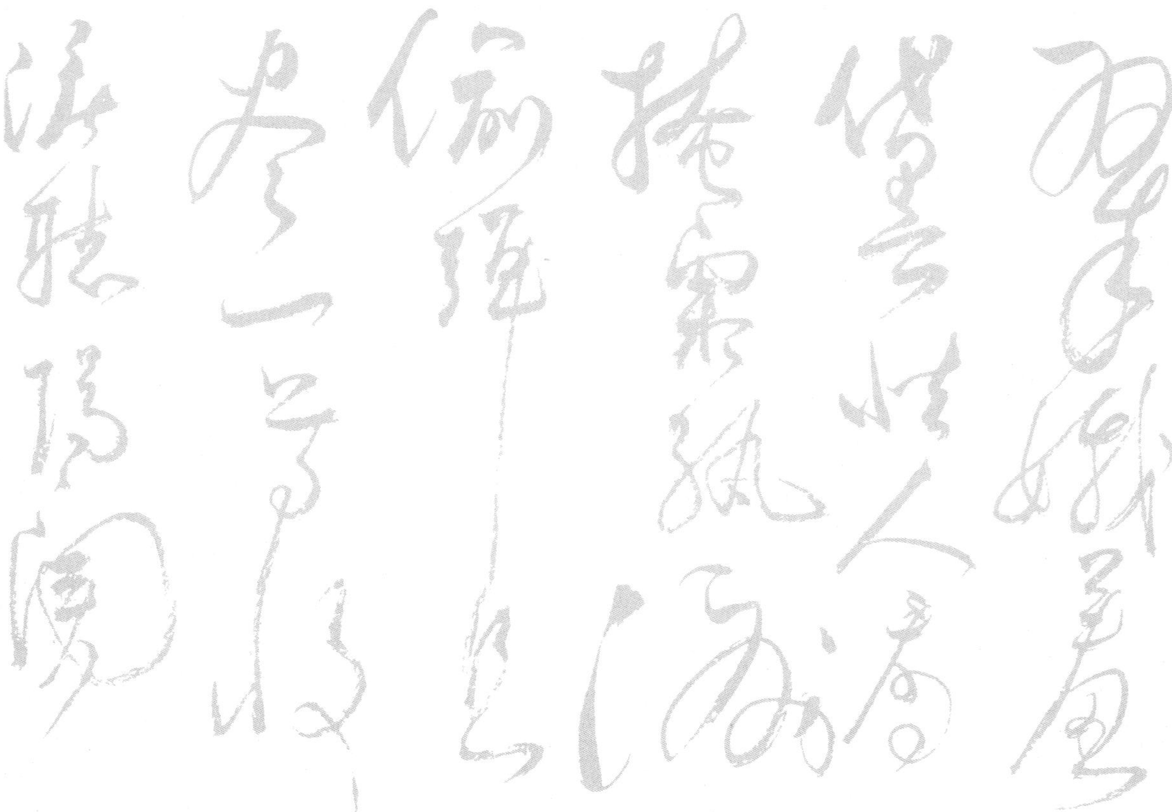

皮箱

這一只皮箱
已跟我征戰多年
從全新的皮箱
磨損成半老的皮箱

那歷經滄桑的外表
記錄了旅程的跌打損傷
是自己心甘情願的
一站接著一站
庸庸碌碌　到處奔忙
驛站的心　毀譽參半

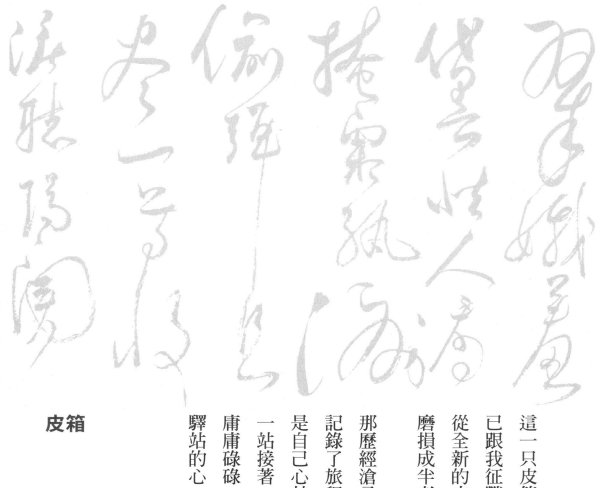

尋愛的過程　總是坎坷
但　只要有皮箱做伴
縱使有心傷　也還會學著堅強
現在的我
對路上的景致　總會慢慢欣賞
我　就拎著這只破舊的皮箱
繼續前往　到那炊煙裊裊的家鄉

失去心跳的書法　宛如地上掃起的紅葉　等待奇蹟
裝了葉克膜的書法　就像病房的青蛙　需要急救
失溫的書法　恰如電視牆跳出的貞子　臉色蒼白
裝了義肢的書法　是颱風前後街道無言的欒樹　努力撐著
不管書法處境如何
我都會陪他走到最後

陪

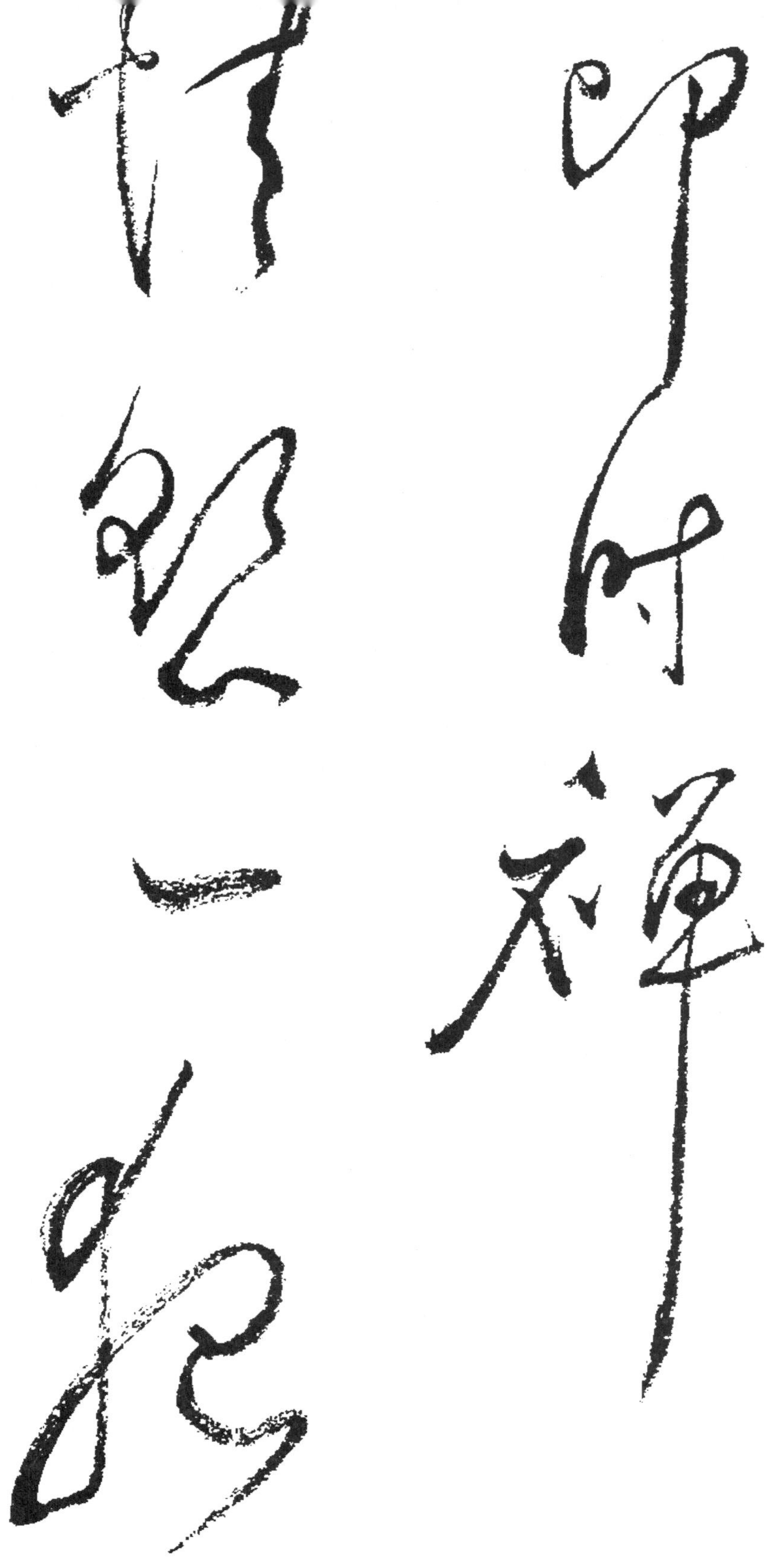

裁與栽

論語別裁
唐詩別裁
文章別有新裁
服裝別有新裁
法律也有仲裁
貿易遭逢制裁
裁縫丈量爲先
員工裁減避免
栽樹成蔭積德
圃苗玫瑰栽接

栽贓入罪喊止
栽種大痲判刑
栽植檳榔樹霸
栽去原生森林
嘆
栽埋寶貴山河
栽培可怕環污

遺忘

什麼是遺忘
把一首詩寫出來
就叫遺忘

要忘的是　那一夜的失眠
要忘的是　那年輕的夢想

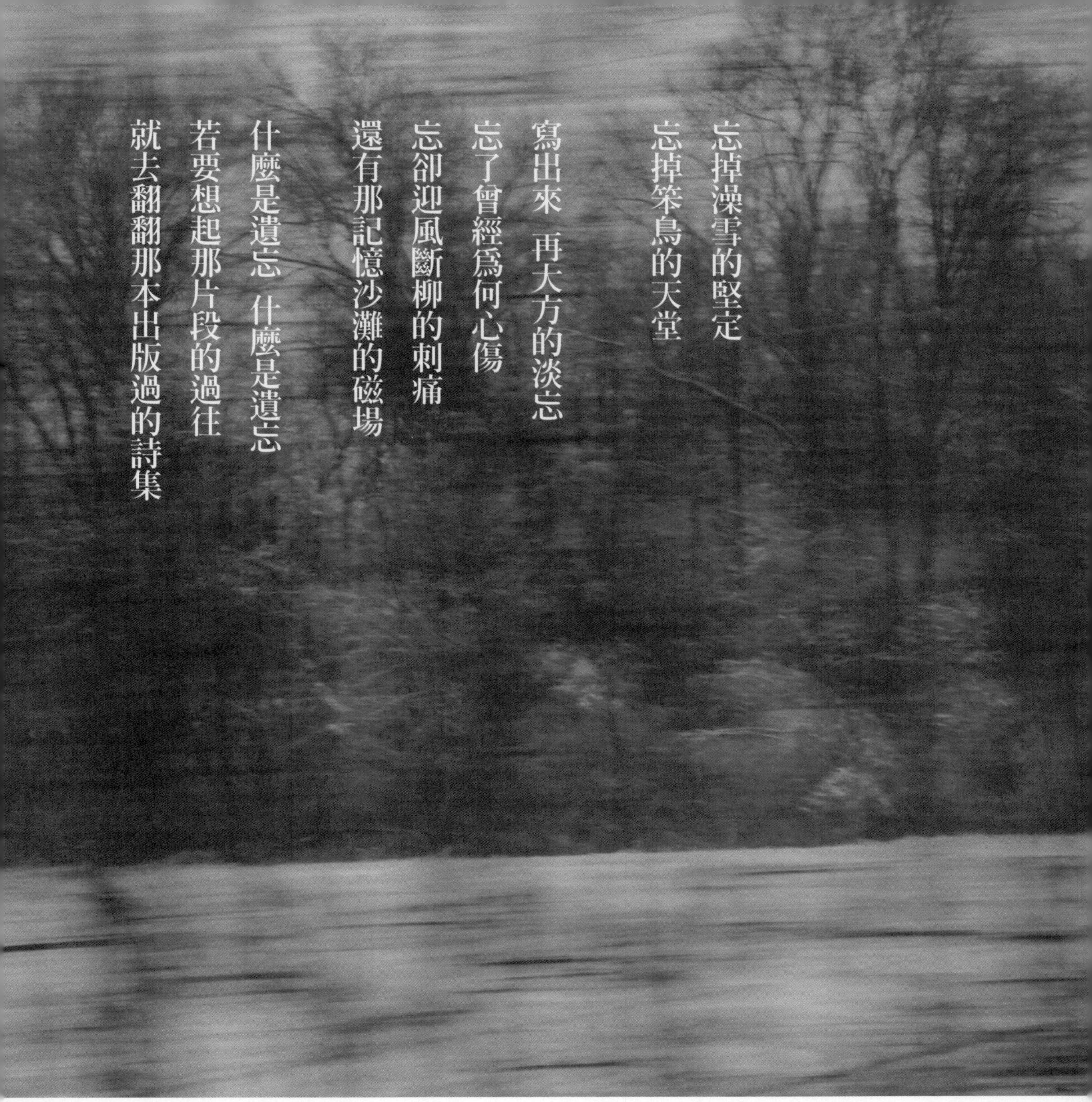

忘掉澡雪的堅定
忘掉笨鳥的天堂

寫出來　再大方的淡忘
忘了曾經爲何心傷
忘卻迎風斷柳的刺痛
還有那記憶沙灘的磁場

什麼是遺忘　什麼是遺忘
若要想起那片段的過往
就去翻翻那本出版過的詩集

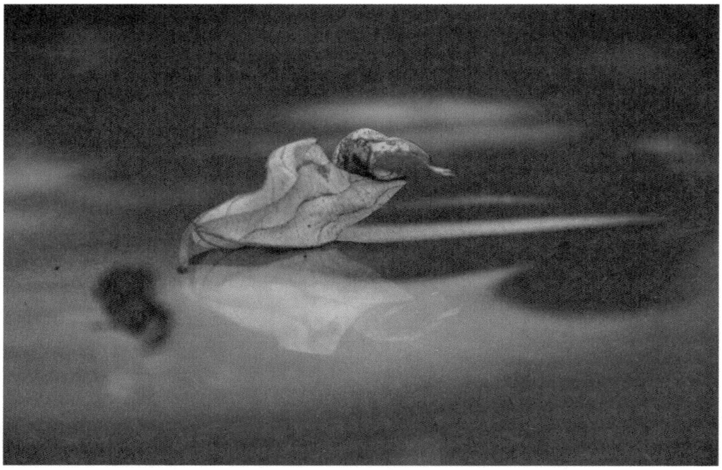

浣溪沙

清代詩人納蘭性德《浣溪沙》

風絮飄殘已化萍，泥蓮剛倩藕絲縈；
珍重別拈香一瓣，記前生。
人到情多情轉薄，而今眞個不多情；
又到斷腸回首處，淚偷零。

張尙爲《變調浣溪沙》

波羅纖宣化指柔，金泥灑遍一扇秋；
字中難言離別意，頻搔頭。
墨到濃時淡轉稠，側鋒添筆茶已溲；
煙雨塵落闌干銹，硯淚留。

我心如蔥

我心如蔥
辛辣咸通
嗆人嗆事
有味有終

蔥面青翠
身帶肌理
白肉綠皮
守身如玉

蔥亦獻身
只爲公義
油火翻炒
成仁成器

我心如蔥
來去衝衝
磷鐵鎂硒
狐媚不崇

家家種蔥
食用兩送
閒寫書法
收秋藏冬

只有種子知道

只有種子知道

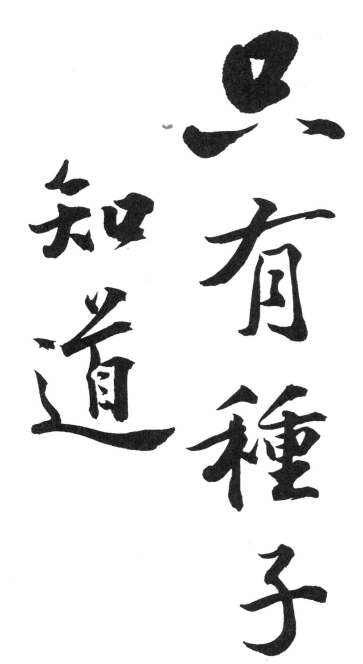

只有種子知道
那綿綿春雨
帶來愛的祈禱
只有種子知道
那燕呢細語
交織著愛與擁抱

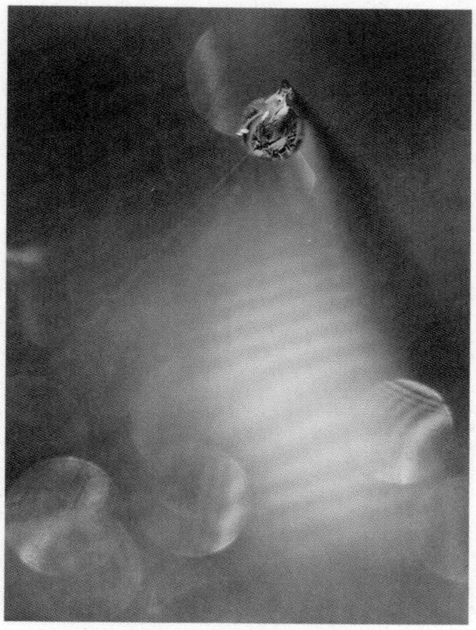

只有種子知道
那篳路藍縷
沉澱著泥土芬芳
只有種子知道
那竹簍青簑
惦記著妻兒溫飽

雨　把大地喚醒
花草伸手向白雲呼出了口號
要在平靜中找到生命的美好
只有那種子知道

打水漂兒

馬祖芹壁海境一角偶的藍色眼淚

打起水漂兒
遙唱相思曲
石頭濺起的漣漪
是水漾青春的妳
那石頭勇敢轉進
掠過水鏡逍遙的浮萍
石頭以二十度的傾斜飛去
加速接近倒影中的妳
點點水花帶著顫音
激起我串串年少的回憶
在水平面上
偃仰霧中的妳
身影與陽光爭奇

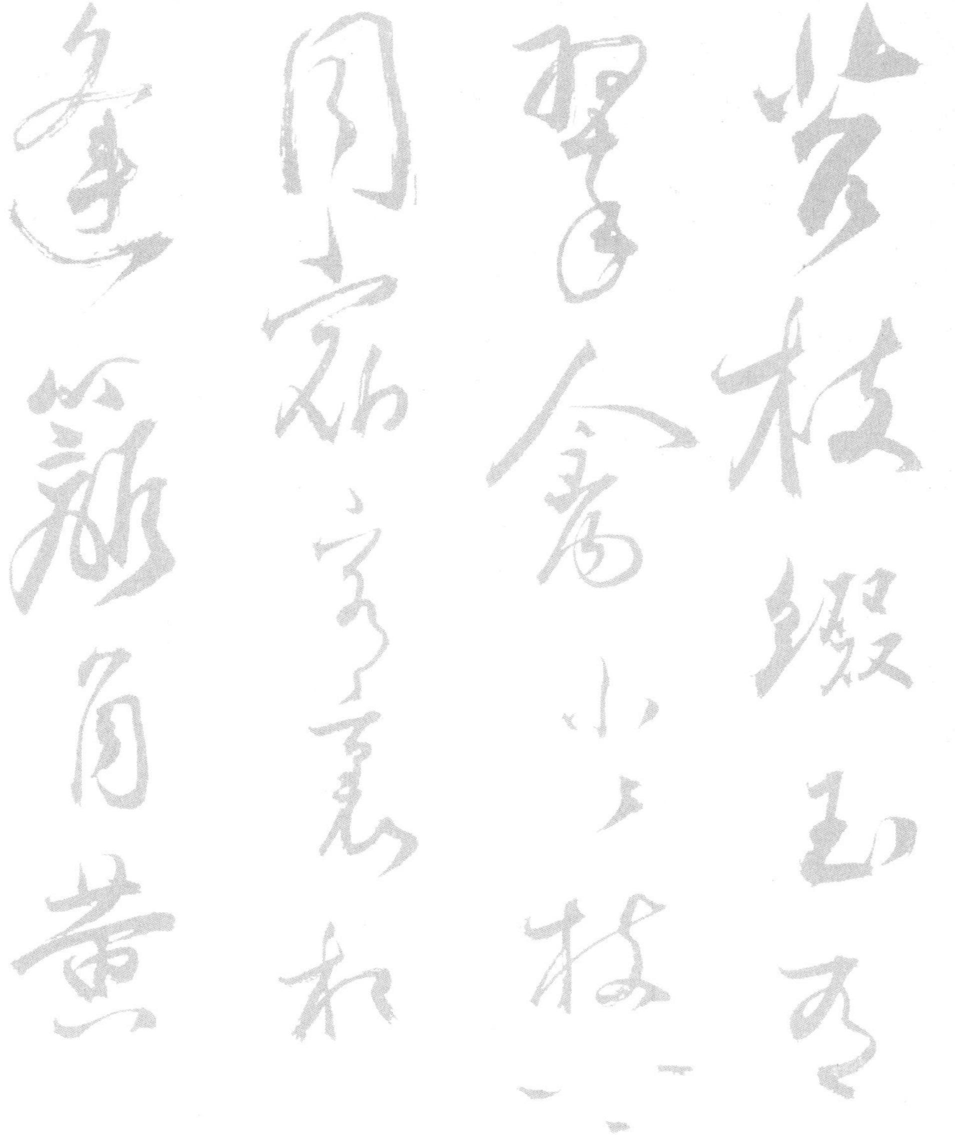

緣與過

擦身而過
錯過
曾經愛過
那個是你
那個不曾是
人生
不就是等同過客
機緣到時　要把握
緣盡　春還來
人生
不就是緣的歡滅嗎

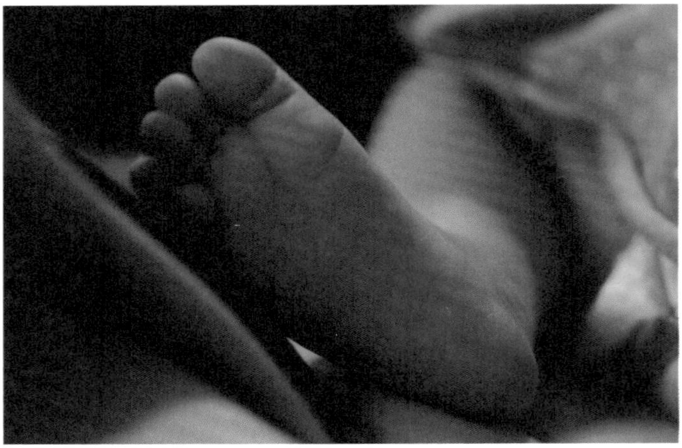

曾經寫過

人生的伊始，起於嬰兒的呱呱墜地。
草書的伊始，起於書家的匆匆落筆。
人生的終點，是在病床度過。
草書的終點，是在竹簍丟棄。
無用的皮囊，被丟入火化。
遺忘的書法，被敬爐火吻。
啊！這不就是人生嗎？
但，人生就只有這樣嗎？

不，人生還有親情、友情與愛情。
這三種情誼，都是書法的內涵與生命。

寫吧！勇往直前的書家。
人生沒有勝敗與輸贏。

只有過河的卒子，
前進！前進！

人生的伊始是淚。
書法的伊始是美。
人生的終點，是幡然醒悟。
草書的終點，是 曾 經 寫 過。

雜

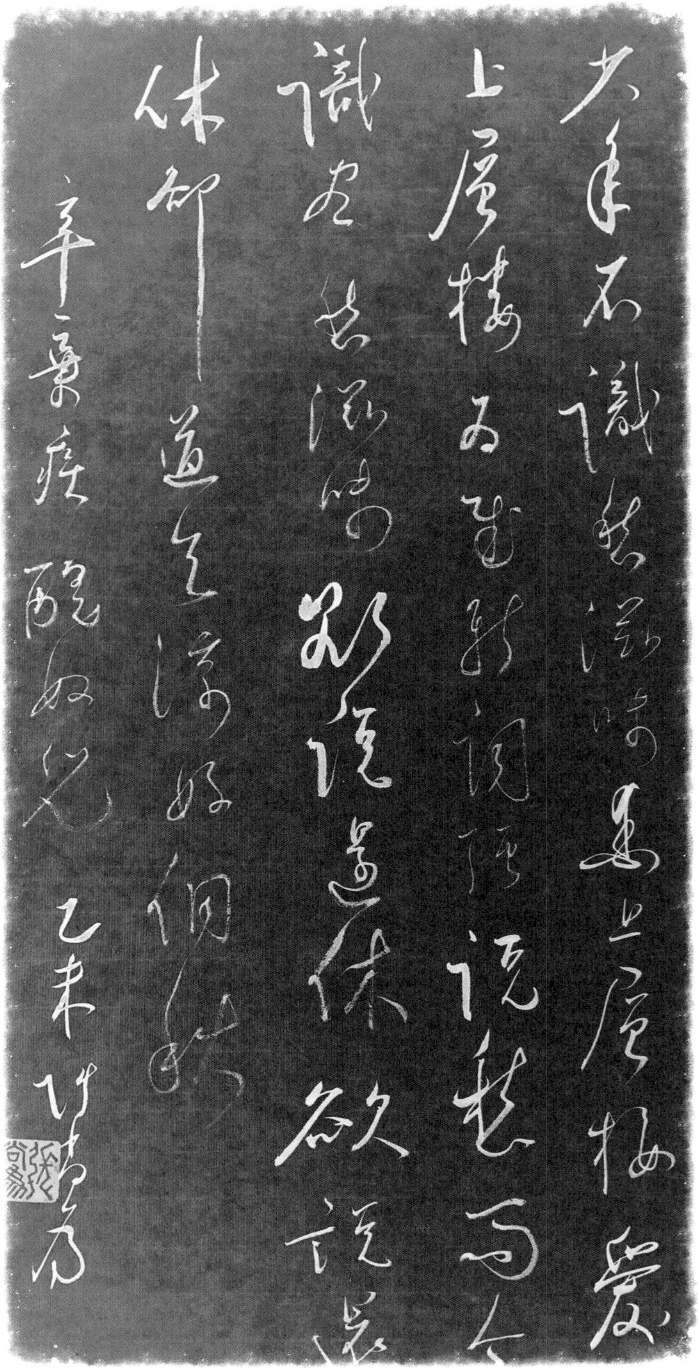
少年不識愁滋味愛上層樓愛
上層樓為賦新詞強說愁而今
識盡愁滋味欲說還休欲說還
休卻道天涼好個秋
辛棄疾醜奴兒
乙未

雜木養生態
純林難生苔
蝶鳥棲息處
五彩繽紛來

近二十年來台灣到處是林相遭到人為的破壞慘狀，多元的林相才得以保持四季皆有不同的花開，而蟲鳥蜂蝶才得以有不同時令的果實而生存下來。各種動物才能繁衍、有自然生態。新移民與各色人種的和平相處是力量的集聚與來源，台灣內部的許多意識形態所引起的紛戰是不應發生的。康熙字典上把「雜」這字定義為「五彩相合」，說文解字也這個把「雜」這字定義為「五彩相會」，「合」是和平共處的意思。

回家

千山嫵動千山水
落雁紅霞衆鳥歸
一行詩句一行旅
句成驀然家已回

日本久見線鐵橋

心事

詩　是默唸出來的心事
歌　是詠唱出來的心事
憨　是勇敢的心事
不憨　是複雜的心事
想念　是複雜的心事
不想念　是自我催眠的心事
心事如山　重重高巒
雲霧未除　陽光成了灰暗所期盼的心事

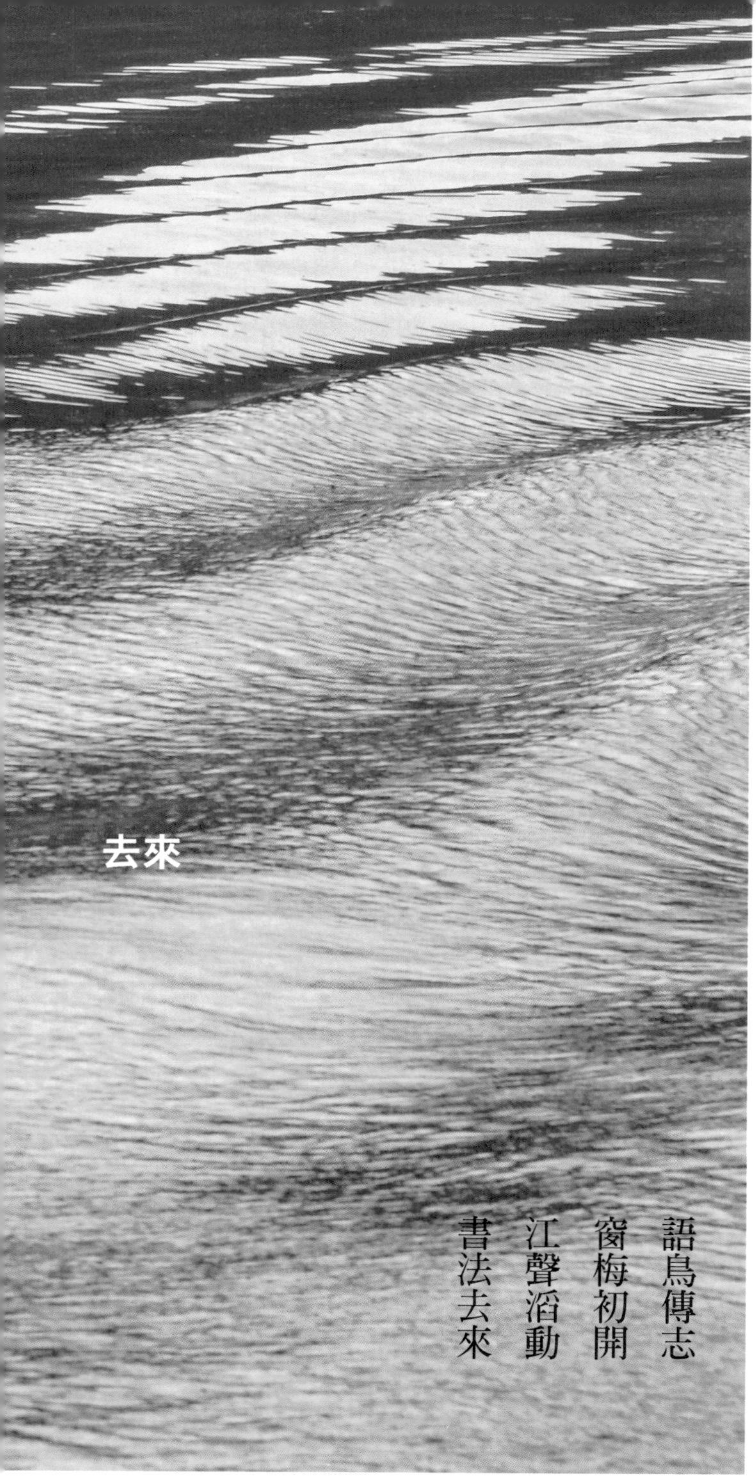

去來

輕筆蹀躞
慢墨旋舞
醒硯掀帳
眞愛弗亂

語鳥傳志
窗梅初開
江聲滔動
書法去來

孤獨風箏

新北市新店陽光公園

孤獨是一條長長的線
猶如帶著輕愁的冬天
那細軟的線
就用來寒江釣雪
白雲爲證　淡定爲餌
釣起岸邊梅花片片
孤獨是一條悠悠的線
還有風箏　飄在天邊

打了一個噴嚏　卻滿眼星星
銀光四閃　叫我想起　人生苦短
工作滿檔中　書法與文學
只能在所剩的時間縫隙中　進行
攬鏡　凝眸　自省　顧盼
電池　充電　馬達　變頻
打了一個噴嚏　卻顯現滿是星星
把握當下　叫我想起　能寫字
那是種福氣啊

書法感恩曲

客鬚髮戍明

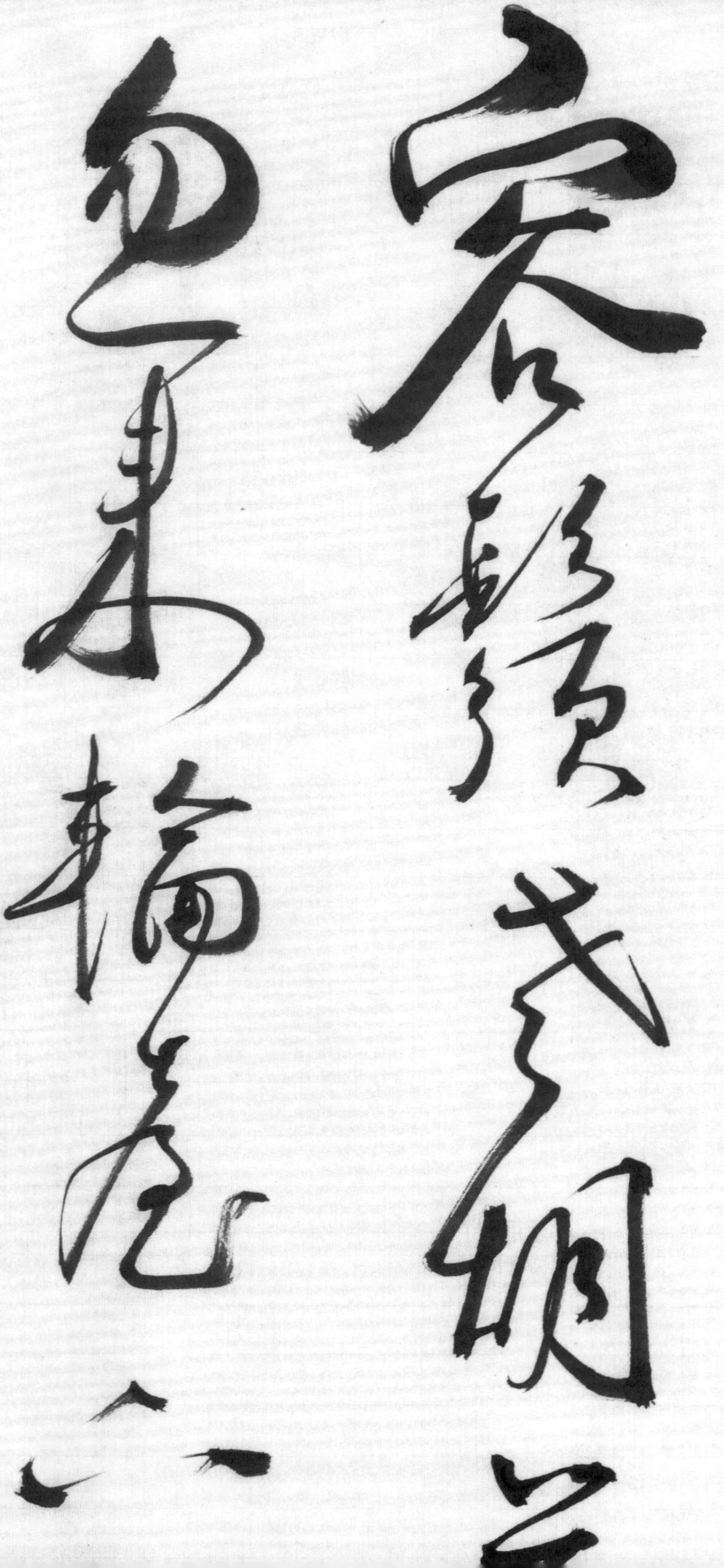

吹泡泡

每一次吹泡泡
總有萬紫千紅的喜悅
看著泡泡從天而降
從圓滿到幻滅
總是不由地想再重玩一次
許多的事物無法重來
就如同生命成長也無法複製
許多的失望總寄託在渴望重來一遍

吹泡泡的過往浮現眼前
璀璨中摻雜著許多幸福的幻想
夢來了　又碎了
晶瑩中有陽光的笑臉
泡泡滅時
淚水也變成一種迷你泡泡
大小圈圈　有飛舞　有墜落

你給我一滴眼淚我就看到
你心中全部的海洋但是
[illegible]失去的淚早已泛濫了二十三年
萬語[illegible]淚[illegible]去回也[illegible]過
千百回也無法將我的思念
調和不會得到青影你眼中
中的記憶我只能惜你那
真實的一滴眼淚

丁酉 [illegible]

一滴眼淚

你給我一滴眼淚，
我就看到了你心中全部的海洋。
你忍隱太久的淚，
早已濃縮了千言萬語。
任潮汐來回擺盪千百回，
也無法爲我的悲來定調。
我不會特意喜歡你眼神中的絕美，
我只珍惜你那眞實的一滴眼淚。

前兩句為張愛玲的句子

為我逗留

鏤空的熹微　從雲襬裡　流竄而下
像妳的腰繫
雪紡的竹顫　從迷霧中　輕攬浮動
像妳的髮髻
蕾絲的鷺濤　從紅樹林　蓮步慢踱
像妳的情愁
那穿透中帶有隱晦的生動
是妳無法被捉摸的心思
無法強求
也不曾
爲我逗留

提筆寫不出文句
彈琴奏不出聲音
麻木的心靈
少了刺激
冰封的血液
少了眞情
有感卻不流淚
無感卻有悲心
錯愕時分不清

旋轉木馬

讀了信又不相信
踏上了旋轉木馬
迴盪中滿是暈眩
連東西南北的視線
也看不分明
離心力的帶引
將我拋向另一個世界

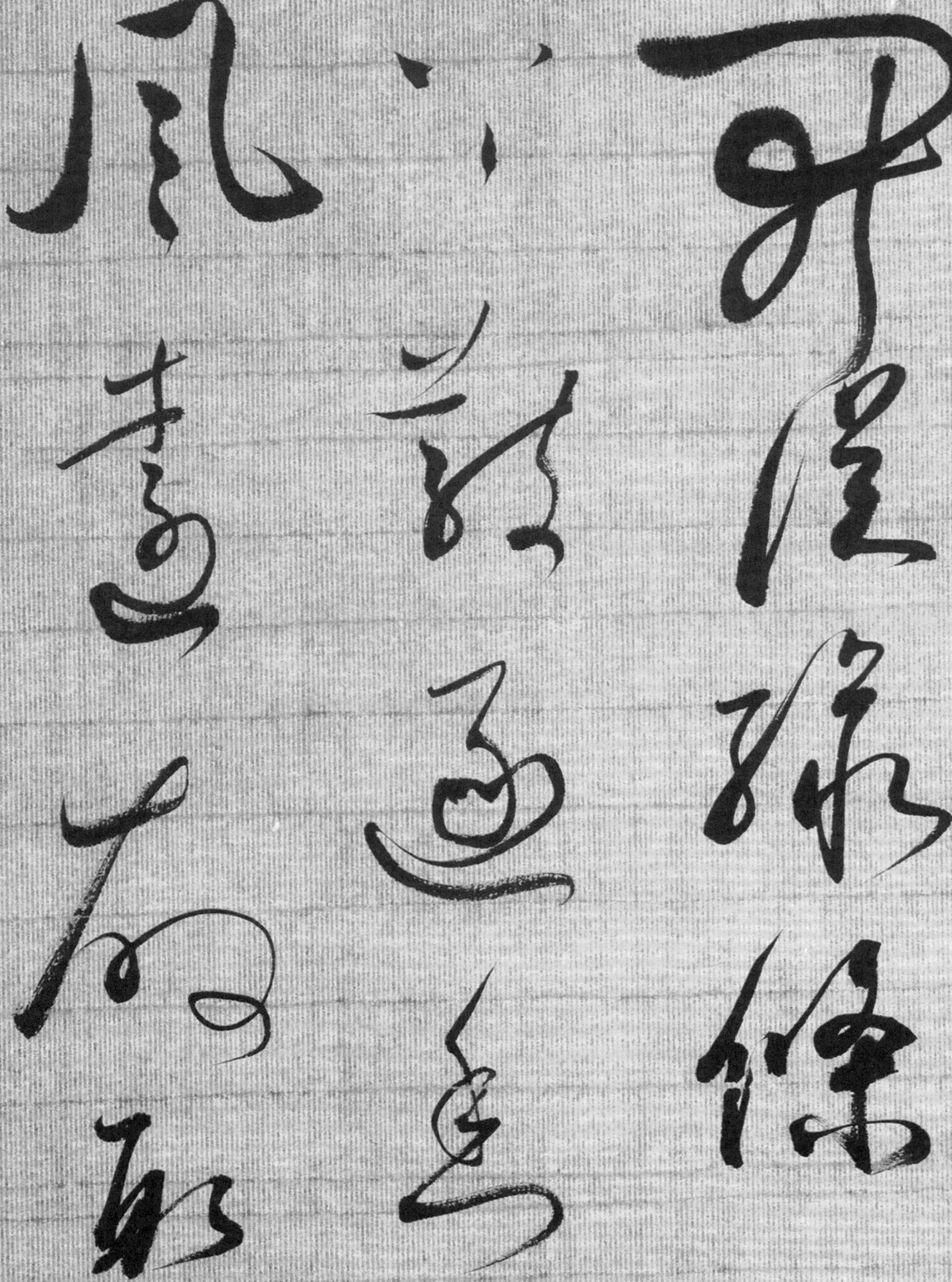

書法之道

書法隨想曲

隨意寫　隨意美
隨心所欲　書法成堆
斗方　中堂　橫批　心隨意走
如紫色洋蔥　匆匆一剎　安心入口
偶有　辛辣散發　須臾　蟲蝶競舞
偶如　孤月映雲　驀然　驚雷穿天
隨意乾杯　隨意逍遙
心中有筆　紙墨傳情

有一種美 是寫不出來的
一種感動 是哭不出來的
一種惆悵 無法做作
就如同 比薩 斜塔一樣
傾斜得 出奇的自然

飛翔不到的 天涯
有妳的笑
追尋不了的 海角
有妳的好
我教不會的心肝寶貝啊
妳可得記牢

勇敢追夢

騎歐嘟邁的年代，也正是台灣經濟起飛的年代。

一切的情愛　終將走向永恆
走的過程　容有出錯　困頓　與失落
要抬頭挺胸　勇敢追夢
讓這一生　充滿　喜樂　與光榮

書法頑家：用善念來寫字 / 張尚爲著.
-- 臺北市：蕙風堂, 民106.05
面；　公分
ISBN 978-986-94266-5-7(平裝)

1.書法 2.作品集

943.5　　106003233

書法頑家
用善念來寫字

著作者　張尚爲
發行人　洪能仕
發行所　蕙風堂筆墨有限公司出版部
台北市和平東路一段77-1號
電話：(02)2351-1853·2397-7098
傳眞：(02)2321-4255
郵撥帳戶：05455661蕙風堂筆墨有限公司

宣紙圖書部
台北市和平東路一段一二一號B1
電話：(02)2321-1381~2
傳眞：(02)2321-4078
郵撥帳戶：05455661蕙風堂筆墨有限公司

批發部
新北市中和區建康路130號4樓之4
電話：(02)8221-4694~6
傳眞：(02)8221-4697
郵撥帳戶：05455661蕙風堂筆墨有限公司

板橋店：蕙風堂畫廊
新北市板橋區文化路一段127號
電話：(02)2965-1358~9
傳眞：(02)2965-1335
郵撥帳戶：13401669蕙風堂畫廊

作品攝影　曾文華
藝術總監　康志嘉
設計總監　王建忠
美術設計　陳淑娟
印刷設計　意研堂計事業有限公司
新北市中和區中安街104號2F 02-8921-8915
Kjjeanton@gmail.com
定價　新臺幣450元
出版時間　民國106年5月